KB138843

괜찮아요, 지금 당신의 모습을

사랑하고 응원합니다.

한 승 욱

멈춤의 재발견

멈춤의 재발견

기쁨이 있는 곳을 찾아라

© 한승욱

초판 1쇄 인쇄 | 2023년 07월 16일
초판 1쇄 발행 | 2023년 07월 26일

지은이 | 한승욱
발행인 | 강영란
편집 | 박관용, 권지연
디자인 | 트리니티
마케팅 및 경영지원 | 이진호

펴낸곳 | 슬로우북
주소 | 서울시 충무로 3가 59-9 예림빌딩 402호
전화 | 대표 (02)517-2045
팩스 | (02)517-5125(주문)
이메일 | atfeel@hanmail.net

홈페이지 | https//blog.naver.com/feelwithcom
페이스북 | https//www.facebook.com/publisherjoy
출판등록 | 2006년 7월 8일

ISBN 979-11-92794-12-9(03800)

멈춤의
재발견

한승욱 지음

기쁨이 있는 곳을 찾아라,
그러면 기쁨이 두려움을 태울 것이다.

조세프 캠벨

슬로우북

삶의 목소리에 귀 기울게 하는 책

사십 대의 느긋함과 이십 대의 풋풋함이 한 얼굴에 있었던 저자의 첫인상을 기억한다. 타인의 이야기에는 먼저 아낌없이 귀를 내주면서 자신의 이야기는 한 발 늦게 입을 열던 성품만큼이나 반듯하고 깊고 아름다웠던 그의 산문을 기억한다. 그후 십여 년 세월 동안 어떤 들판을 지나 어떤 산을 넘고 어떤 강을 건너며 더 반듯하고 깊고 아름다운 사람이 되었는지를 보여주는 이 책이 그래서 더없이 반가웠고 또한 놀라웠다. 그의 아들의 표현을 빌리자면 '좋은 사람'인 그가 여전히 좋은 사람이어서, 심지어 글까지 좋은 글이어서. 작가와 작품은 일치하는가? 이 오래된 질문에 똑 부러지는 대답을 내놓기란 쉽지 않다.

'예'일 근거만큼 '아니오'일 근거도 적지 않으나, 이것 하나는 분명하다. 답이 '예'일 때의 근거로 내가 주저하지 않고 이 책을 꼽으리라는 것. **김미월 | 소설가, 2011년 신동엽창작상 2012년 문학동네 젊은작가상 대상 수상**

저자를 처음 보았을 때 나답게 살고 싶은 간절한 욕망이 있음을 직감했고, 여러 시도를 하느라 바빴다. 바쁠 망(忙)자는 마음(心)이 없음(亡)을 뜻하는 것으로 마음이 머물지 못하는 상태를 말한다. 이때 그는 멈춤의 시간을 갖는다. 이 책은 삶이 말을 걸어올 때 잠시 멈춰서 그 부름에 화답한 이야기다. 멈춤을 통해 어떻게 변화해 갔는지를 생생하게 보여 줌과 동시에 멈춤의 재발견을 위한 실천 방법을 알려 준다. 이것이 이 책의 차별적 매력이며 실용적 혜택이다. 멈춤은 쉬는 게 아니다. 삶의 주인으로 거듭나려면 자신을 내려놓고 삶의 흐름에 내맡겨야 한다. 저자는 이제 글로벌 회사의 리더로서 새로운 삶을 펼쳐 가며 깊은 향기를 전하고 있다. 인생의 변화를 간절히 원하는 이들에게 이 책을 적극 추천한다. **오병곤 | 더자기(The Self)연구소 대표, 〈스마트 라이팅(Smart Writing)〉 저자**

소설 강좌에서 만난 저자는 다른 장르 속 캐릭터 같았다. 마감에 쫓기는 일상을 살아가는 나로서는 그의 여유와 평온이 궁금했지만 그저 가질 수 없는 어떤 것이라고 여겼을 뿐이다. 그러다가 이 책을 읽으면서 금맥을 발견한 듯 기쁘고, 그의 여유로움과 평온함을 부러워했다는 사실을 일깨워 주었다. 이 책에는 살아가느라 숨이 가쁠 때 멈추어 세우는 순간들이 기록되어 있다. 자판기 커피, 가족의 따뜻한 말, 가을꽃술, 엘리베이터 열림 버튼 등. 다른 세상에 존재하는 것이 아니었다. 마지막 책장을 덮고 나니 그 평온함을 가질 수 있다는 용기가 생겨 설레었고, 나의 모든 순간을 잘 엮어 비단처럼 반짝이게 만들고 싶었다. **김달님 | 웹툰작가, 〈운빨로맨스〉 MBC TV드라마/대학로 연극의 원작자**

저자는 인생에 곡절을 겪을 때마다 묵묵히 감당해 냈는데, 이 책에는 얼굴이 무너져라 웃는 그의 미소처럼 선하게 박혀 있다. '멈춤'이라는 주제를 말하는 이들은 많지만, 자격을 갖춘 이는 드물다. 지난한 세계에 빠져 전진하지 못하면 멈춤은 무익하고, 나아가려고만 한다면 멈춤은 패배의 논리처럼 읽힐 수 있다. 그들에게까지 조용히 이 책을 쥐어 준다. 삶의 결정적인 국면마다 멈춤으로써 서서히 메타노이아에 이른 저자의 이야

기는 조용한 바람이 거대한 폭풍을 만드는 과정이었고, 그 폭풍의 부동 중심축에서 묵직한 전언과 함께 그의 삶을 관전할 수 있었다. 전면적인 전환으로 이끄는 힘이 무엇인지 알게 했다. **장재용 | 등반가, 〈딴짓해도 괜찮아〉 저자**

이대로 살면 되는 걸까? 이런 의문이 들 때, 잠시 나를 돌아보는 여정을 선택할 때 추천하고 싶다. 가난한 꿈쟁이에서 똥쟁이를 거쳐 비상의 날개를 펴고 날아갈 수 있음은 분명 '멈춤의 재발견'이 가능했기 때문일 것이다. 저자를 10여 년 동안 지켜보며, 한마디로 성실함이 기본인 참 좋은 사람이었다. 또한 권고사직 통보가 행운의 시작이었음을 알 수 있었다. 잠시 멈춰야 보이고, 그 순간 마음에 불을 밝히는 일임을 마지막 책장을 덮으며 깨닫게 했다. 이 책이 새로운 인생 트랙으로 이동하는 증표가 되기에 충분하다. **진성희 | 정림건축인재개발팀 소장, 전KBS 아나운서, 〈나는 왜 사람들 앞에서 서면 말을 못할까〉 저자**

첫 직장에서 알게 되고, 벌써 17년이라는 시간이 흘렀다. 저자와 그 긴 시간 연락하고 지낼 수 있었던 이유는 일을 넘어선 인간적 면모 때문일 것이다. 이 글을 읽고 사회인의 선배로

서, 그리고 인간 한승욱으로서 그 면모를 알 수 있었다. 직장인이라면 누구나 경험하고 겪게 될 현실을 담담하게 녹여 냈으며, 작은 것에 감사하고 부정적인 상황을 긍정적으로 풀어냈다. 지금 잘하고 있는가? 순간순간 불안하고 답답한 이들에게 긍정의 한 줄을 전달하는 쉼표 같은 이야기다. **유수영 | 부장, SCK컴퍼니_스타벅스코리아**

이 책은 산문집이다. 어린 시절 부터 직장 초년 시절, 최근의 상황까지 저자가 견지해 온 삶의 태도를 여실히 보여 준다. 특이한 점은 삶의 고비마다 긍정의 시선으로 그가 원하던 삶을 살아 냈다. 그 동력은 어디에서 온 걸까? 자신을 변화시키고, 큰 성장을 바라는 사람에게 이 책을 권한다. **하영목 | 교수, 중앙대학교 경영경제대학 국제물류학과**

우연한 기회에 읽게 된 초고를 몇 장 넘기지 못하고 울어 버렸다. 저자는 덤덤하게 이야기하지만, 20대의 내 이야기였고, 가정이나 사회에서 정신없었던 30대를 지나, 아이들이 크고, 사회에서 견제받는 40대, 그리고 50을 바라보며 두려워지는 지금의 나의 이야기가 고스란히 담겨 있어 눈물이 멈추질

않았다. 이렇게 정신없이 순박한 삶을 꾸려 가는 우리에게 말한다. 이제 잠깐의 멈춤이 필요하다고. 그래야 더 아름다운 삶을 설계할 수 있다고. 저자는 아름다운 인생 찬가(人生讚歌)를 들려주고 있다. 자신의 인생을 사랑하며 '하루'라는 직물을 짜 내려간 모두에게 이 책을 권한다. **정재엽 | 스타트업 임원, 연세대학교 객원교수, 한양대학교 겸임교수, 〈파산수업〉 저자**

이 책에서 소설의 향기가 난다. 저자인지, 소설의 주인공인지 착각하게 한다. 재미있다. '빨리 흘러가는 시냇물에서는 볼수 없고, 고요한 연못에 가야 나의 모습을 볼 수 있다'라고 했고, 독자 스스로 자신의 역사를 돌아보게 한다. 저자의 경험이 삶의 힌트가 되고 지혜를 준다. 평범한 그가 비범해지는 순간을 읽으며 나의 비범함도 찾아보게 한다. 잠시 멈추고, 천천히 가도 된다고 위로하고 용기를 준다. 까뮈의 말을 빌려 '우리 생애의 저녁에 이르면, 얼마나 타인을 사랑했는가를 놓고 심판받게 될 것이다'라고 하며, 나 그리고 타인을 사랑해도 괜찮다고 알려 준다! 한 장씩 넘기다 보면 어느새 마지막 페이지에 이르고, 내 역사의 첫 페이지를 쓰고 싶게 하는 책이다. **최세린 | 세린비전연구소 대표, 마음퍼실리테이터, 구본형 변화경영연구소 8기 연구원**

25년 전, 한국에서 저자에게 영어를 가르치는 특권을 누렸습니다. 비록 멀리 떨어져 있지만 오랫동안 좋은 친구로 지내고 있습니다. 그가 남편, 아버지로 성장하면서 결단력과 긍정의 힘으로 모든 도전을 지혜롭게 대처하는 것을 보았고, 어떤 장애물이 눈앞에 놓여도 희망과 믿음으로 가득 차 있었습니다. 환한 미소와 배려심으로 제가 살고 있는 세상을 밝혀 준 그를 알게 되어 정말 기쁩니다.

Over 25 years ago, I had the privilege of teaching English to Han in South Korea. Though we are presently separated by many miles, we have remained good friends over the years. I have seen him grow as a husband, father and friend. He has tackled every challenge with determination and positivity. He is always full of hope and faith, no matter what obstacles confront him. I am so blessed to know him as he brightens my world with his radiant smile and caring ways.

Angie Guy | 영어 선생님(English teacher)

차례

PART 1

낯선 곳에서 나를 발견하다

PART 2

살아 있는 것은 모두 기쁨이다

멈춤의 시간이 찾아올 때

그날 삶이 말을 걸었다. 갑작스런 교통사고, 충격적인 사고의 잔상이 머릿속에 머물러 있고, 불안이 내 곁을 떠나지 않았다. 무슨 대답이든 찾으려 했지만 서툴고 힘들었다. 삶이 내게 죽음의 문턱을 경험하게 한 이유는 무엇일까? 앞으로 어떻게 살 것인가? 혼자 질문을 반복하며 써 내려가는 시간이 이어지고 있었다.

그 사고로부터 10년이 흘렀을까. 마침내 마음의 불을 지핀 책을 만났고, 그 책의 저자 구본형 스승을 찾아갔다. 그리고 제자가 되었다. 스승은 구본형, 변화경영사상가라고 불린다. 20년간 한국IBM에서 경영혁신전문가로 활동했고, 2000년 '구본형 변화경영연구소'를 설립했다. 새로운 인생을 위한 변화와 성장을 고민하는 연구원을 모집하고, 자기 내면의 변화와 혁신을 추구하도록 안내했다. 2013년 생을 마감할 때까지 100여 명의 연구원과 깨어 있는 시민 꿈벗들과 소통했다.

그의 제자가 되려면 몇몇 관문을 통과해야 했는데, 첫 관문은 질문 열 가지에 대해 A4 20페이지 분량의 의견을 제출해야 했다. 한동안 나 자신을 들여다보는 글쓰기를 해서일까, 거침없이 개인사를 써 내려갈 수 있었다. 삶에서 내적인 사건과 외적인 사건이 무엇인지를 묻는 질문이 가장 기억에 남는다.

글 쓰는 주말 내내 뒤통수가 따가웠지만 한 달 만에 탈고한 나의 이야기는 책이 되기도 했다. 인쇄소에서 제본된 두 권을 받아 든 순간, 환호성을 질렀다. "드디어 해냈어!" 얇고 작아 책이라고 하기에 부끄러웠지만 대단한 일을 해낸 것만 같았다. 온전히 나를 찾아갈 수 있었고, 나를 위해 헌신하고, 스스로 위로받는 시간이었다. 주말에 함께하지 못한 가족에게 한 권, 대단한 일을 해낸 나에게 한 권을 선물했다. 얼마 뒤에 첫 관문을 통과했다는 소식이 왔다.

구본형 스승과 인문 고전을 읽으며 1년 동안 나를 탐색하는 시간을 가졌다. 책 속에서 낯선 나를 발견하고 수많은 대화를 나누었다. 마음을 흔들어 깨운 명문장에 밑줄을 그으며 보낸 시간은 마음 밭에 거름이 되었다.

스승과 함께 내 삶의 전환기를 맞이할 수 있었고, 내겐 삶의 변화를 요구하는 운명의 시간이기도 했다. 또한 부름에 응답하는 나날이었다. 내면에서 울린 깨우침 '나의 삶은 혼자가 아니라 항상 누군가와 함께한다'는 사랑의 메시지, '삶에서 선한 영향을 주라'는 말씀을 따를 수 있었다.

스승과의 이별은 갑작스러웠다. 내면의 나를 들여다보면서 걸어가던 1년, 이후 나의 발길은 뚝 끊겨 버렸다. 급히 하늘나라로 떠난 스승의 영정 앞에서 한참 울었다. 그 후 10년, 내글쓰기는 날것 그대로 멈춰 있었다.

나 자신도 잊고 있을 때가 많았다. 그러다가 회사 이직이라는 멈춤의 시간이 찾아왔고, 서랍에 있던 이야기를 다시 꺼냈다. 어쩌면 두 번째 부름이다. 회사 생활에서 역할의 상실감이 컸다. 충실하게 쓰고 있던 가면을 벗고 민낯으로 세상을 마주해야 했기 때문이다.

오래전 기록된 이야기들을 꺼내면서 더 이상 누군가에게 복종의 대상이 아니어서 홀가분하기도 했다. 10년 전 스승의 가르침 안에서 깨달음을 얻으며 기쁨을 누리던 내가 불안으로 흔들리는 지금의 나를 위로하고 응원했다.

추운 겨울, 새로운 길을 발견하고 또 다른 관점으로 마음 밭에 뿌려 놓았던 씨앗들에게 물을 주었고, 조금씩 싹을 틔우게 되었다. 나를 다시 들여다보게 되었다. 그리고 지금 끊겨 있던 그 길에 다시 서서 스승의 가르침대로 걸어가고 있다.

이 책은 갑작스레 찾아온 삶의 부름을 지나치지 않고, 꾸준히 나를 찾아간 이야기이다. 잠시 성장을 멈추고 마디를 만들면서 영양분을 축적하는 대나무가 더 높이 뻗어 나갈 준비를 하는 것처럼, 멈춤은 무언가를 내려놓거나 아무것도 하지 않는 게 아니다. 내 영혼과의 대화 시간이며, 삶을 점검하는 날들이다.

충격적인 사건, 조직의 역할을 상실하는 외부적인 멈춤, 불안에서 비롯된 심리적 공황 상태에서 다양한 내적 멈춤을 경험하고, 차츰 조금 더 성장한 나를 만날 수 있었다. 우연히 삶은 10년 주기로 내게 말을 걸어왔고, 그때마다 멈춤의 시간을 보내며 영적 힘을 응축하고 집중하며 단단한 마디를 만들어 낼 수 있었다.

이 책의 구성은 그런 흐름을 따라 담아냈다. 어떻게 마음의 힘을 응축했는지, 다음에 걷는 길, 다음에 딛게 될 모험을 어떻게 헤쳐 나아갔는지 이야기하고자 했다. 크게 네 파트로 나누었는데, 첫 직장에서의 내적 멈춤, 사랑하는 가족 안에서의 내적 멈춤, 회사에서의 내적 멈춤, 그리고 나를 찾아가는 자유로운 여행으로서의 내적 멈춤을 통해 어떻게 성장했는지를 기록한 순례기이다.

저자 한승욱

P

A

R

T

1

낯선 곳에서

나를 발견하다

내 곁을 떠나지 않던
불안

병실 문이 열리고 간호사가 들어왔다. 목의 깁스를 조심스럽게 다시 고정해 주었다. 버스가 계곡으로 추락한 사고였다. 왜 이런 사고가 일어났을까? 나는 어떠한 상처도 없이 살아 있었고, 병원에 누워 있다는 사실이 믿기지 않았다. 계속해서 사고 장면들이 지나갔다. 삶과 죽음의 경계에서 무엇을 보았는지, 기억의 흐름을 따라갔다.

새벽이 밝았으나 깨어나고 싶지 않았다. 두려웠던 지난밤 꿈 탓일까? 이제 막 돌 지난 아이의 살 냄새는 나를 안락하게 해 주었고, 내 품에서 새근새근 잠들어 있는 아이가 사랑스러웠다. 전주 처가에서 주말을 보낸 터라 부산 출장을 가려면 첫차를 타야 하는데, 잠자리에서 일어나고 싶지 않았다.

결국 허둥지둥 문밖을 나와 고속버스 터미널행 택시를 탔고, 얼마 지나지 않아 비가 내리기 시작했다. 회사 부서 이동 후 첫 출장길이었다. 잘 해낼 수 있을까? 오늘은 어떤 고객을 만날까? 언제쯤 우리 집을 가질 수 있을까? 차창에는 빗물이 이리저리 불안하게 흘러내렸다. 어쩌면 보통의 일상이었으나 알 수 없는 불안이 나를 끌어안았다.

고속버스 안에는 아무도 없었다. 다시 지난밤 꿈을 떠올리며 안전한 자리가 어디인지 살폈다. 그동안 앉은 적이 없던 운전기사 바로 뒷좌석에 앉아 곧바로 안전띠를 맸다. 출발 시간이 다가오자 하나둘 승객들이 올라타고, 어느새 건너편 좌석의 여자는 책을 읽고 있었다. 버스 중앙에는 회사원들이 보이고, 잠시 후에 머리를 짧게 자른 청년을 뒤따라 서너 사람이 더 올라탔다. 입영소로 떠나는 훈련병들 같았다. 청년은 덤덤하게 배웅하는 어머니를 안아 주었고, 아들의 손을 꼬옥 잡고 눈물을 글썽이는 어머니! 바로 그 청년! 나는 그 청년을 기억해야 했다.

버스는 일곱 시 정각에 출발했다. 운전기사는 무언가에 쫓기듯이 액셀과 브레이크를 번갈아 가며 내달렸다. 안전벨트를 확인하고는 창밖을 스치는 풍경을 바라보았다. 고객의 문제를 어떻게 풀어 갈지 갈피를 잡으려 했지만 집중할 수 없었다. 빗길인데, 조심 운전을 해야 하는데, 2차선 국도에서 중앙선을 넘어가며 추월하더니, 오르막길에서도 불안한 운전은 계속되었다.

아무 말도 하지 않았던 것은 내 삶의 속도 같아서였을까?

과속하는 버스에 아주 익숙해진 느낌이었다. 어떠한 멈춤도 없이 불안을 끌어안은 채 전속력으로 달려온 내가 보였다. '이대로 죽을지도 몰라. 죽으면 어떻게 될까? 지금의 이 불안과 두려움이 사라지겠지.' 죽음의 그림자는 나를 놓아주려 하지 않았고, 난폭한 버스는 미친 듯이 달려가고 있었다. 누군가 내 발목을 잡은 기분이었다.

어느 순간, 눈앞의 현실을 마주한 나는 강하고 빠르게 말했다. "기사님, 천천히 가세요!" 그 말이 끝나기 무섭게 내리막길 커브에서 버스가 크게 휘청거렸다. 브레이크를 밟았지만 이미 가속도가 붙어 있었다. 핸들이 제멋대로 돌아가고, 시속 90킬로미터 속도로 중앙선을 넘나들고 있었다. "어, 어, 어!" 겁에 질린 채 그저 외마디 소리만 지를 뿐이었다.

아무 생각도 나지 않았다. 죽음의 공포가 에워싸고 숨 가쁘게 했다. 버스는 폭주 기관차처럼 지리산 계곡을 통과하고 있었고, 다행히 맞은편 차선에 차량이 보이지 않았다. 2차선 국도 왼편에는 커다란 바위가 보이고, 오른편 계곡에는 물이 흐르고 있었다.

버스가 바위에 부딪치려는 순간, 운전기사는 우측으로 핸들을 돌리고 말았다. 가드레일을 들이받은 버스는 허공에서 몇 차례 회전하더니 10미터 아래 계곡으로 처박혔다. 승객들이 차창 밖으로 튕겨 나갔다. 눈 깜짝할 사이에 주변은 아수라장이 되었고, 그러한 상황을 그대로 목격하고 말았다.

잠시 정신을 잃었는지, 눈을 뜨자 앞이 잘 보이지 않았다. 빗줄기가 세차게 내리고 있었다. 죽었는지 살았는지 얼굴을 만지고 몸의 감각을 느껴 보았다. 안경이 보이지 않았다. 앞쪽에서 운전기사의 신음 소리가 들리고, 책을 읽던 여자와 회사원의 신음 소리도 들려왔다. 마치 뉴스 자막에 나오는 사고 장면 같았다. 버스 뒤쪽에는 짐과 사람들이 마구 뒤엉켜 있었으나 실감할 수 없었다.

교통사고의 유일한 목격자였던 나는 남원 의료원에 도착하자마자 응급실 이동 침대에 누운 채 경찰들에게 둘러싸였다. 몰려든 사람들 사이로 운전기사가 신음하는 모습이 보였다. 진정된 가슴이 다시 떨렸다. 조금 전 일어났던 끔찍한 사고 장면을 떠올리는 게 힘들었지만 목격한 사실 그대로 말을 해야 했다.

경찰 진술이 끝나자 방송국 기자의 인터뷰가 계속되었다. 사고 내용을 반복해서 이야기하면서 똑같이 분노가 일었고, 살아 있다는 안도감이 교차했다. 죽은 자와 산 자의 차이를 깨우치는 기막힌 파노라마 같았다.

이튿날 병실에 누워 사고의 순간을 계속해서 떠올리게 되었고, 버스가 허공에 떠오르는 장면은 숨이 멎을 듯 답답하게 했다. 죽음을 마주했기 때문일까? 깊은숨을 들이쉬고 내쉬면서 나의 생존을 거듭 확인했다.

죽음의 문턱에서 산 자의 자리에 있게 된 나는 그 사실에 감사했고, 간혹 나를 흔들던 불안에 대해 감사했다. 불안하게 했던 꿈이 안전띠를 매게 했고, 나의 생과 사를 뚜렷하게 구분했다는 사실이 놀라울 따름이었다.

이 사건은 나에게 죽음과 삶을 깊이 생각하게 했다. 만약 버스가 속도를 올릴 때 곧바로 죽음을 떠올렸다면 어땠을까? 운전기사에게 더 빨리 속도를 줄이라고 소리쳤다면 어땠을까? 그 청년의 죽음을 막을 수 있지 않았을까?

이처럼 사고 순간이 뇌리에 차오르면 나의 시간이 멈추곤 했다. 예상치 못한 사고가 내 안에 잠식된 불안과 두려움을 함께 멈추게 했다. 내게 수시로 찾아왔던 불안과 두려움은 갑작스러운 죽음 앞에서 저만치 밀려나고, 살아 있음에 대한 감사가 그 자리를 대신하고 있었다.

삶과 죽음은 누구에게나 주어진다. 그 사실을 깨닫는 것이 중요하다. 내게 기막힌 인생의 반전인 그 시간을 기억하고 추모한다. 이제 새로운 삶을 살아가야 한다는 마음가짐으로 아침을 맞이하는 내겐 날마다 주어진 하루가 축복이고 선물이다. 출장을 갈 때면 긴 여행을 떠나는 사람처럼 아내를 안고 입맞춤하고 아이들을 꼬옥 안는다.

나를 깨운
또 다른 손짓

빛과 어둠은 연결되기 마련이다. 죽음을 마주했던 사고는 새로운 인생을 소망하게 했고, 더 나아갈 용기를 주었다. 다행이었다. 죽음의 자리에서 발견한 살아 있음에 대한 뜨거운 감사는 무엇보다 맑고 밝은 의지로 이완되고 있었다. 살아남았다는 행운보다 죽음이 내게 준 교훈을 기억하게 했다.

병원에서 퇴원하여 집에 도착하자, 불과 며칠 전까지 가족과 함께 지낸 공간이 새로웠다. 이전에 미처 보지 못했던 공간이 선명하게 보였다. 오래전 아이와 숨바꼭질하던 옷장, 벽면 구석에 붙어 있던 색 바랜 포켓몬 스티커, 햇살이 머물러 있던 베란다 창틀, 아내의 손길이 닿은 주방 찬장, 거의 한 번도 열지 않았던 편지 상자, 책장에 꽂힌 책들 사이사이 틈새가 보였다.

이러한 공간에 담겨 있던 많은 사랑을 기억하고 싶었다. 죽음의 공포 앞에서 겨우 '어, 어, 어'라는 외마디뿐이었던 나였다. 돌아보면 내 입의 한마디가 너무나 허무했다. 버스가 허공에서 곤두박질치는데도 어떤 말도 어떤 행동도 할 수 없었던 나라는 인간의 실존이었다. 출장길에 아내를 깊이 포옹하지 못한 것이 후회스러웠다.

이제야 잊고 지낸 공간들이 보였고, 비로소 나를 숨 쉬게 했다. '바쁘다, 바쁘다!' 하면서 아내에게 '사랑해'라는 말조차 하지 못했다. 언제든지 할 수 있는 한마디라고 믿었다. 집을 나설 때나 집으로 돌아올 때나 다음으로 미루던 습관이 죽음의 자리에 있은 후에야 낱낱이 다가왔다. 사랑을 주고 사랑받고 싶었다. 이제 좀 더 가벼운 마음으로 세상을 살아갈 수 있지 않을까? 두려움 없이 오늘을 살아가기 위해 더 이상 미루지 않기로 했다.

누구도 죽음으로부터 자유로워질 수 없다. 하지만 말 한마디 나누지 못한 그 청년은 죽고 나는 살아 있다는 건 사실이었다. 그때마다 산 자의 몫을 생각한다. 한 번뿐인 생을 대신 살아갈 수는 없지만, 조금 더 겸손하게 내게 주어진 삶을 살아갈 것을 다짐하게 된다. 그것이 청년에 대한 나의 추모사일 것이다.

그러나저러나 앞으로 어떻게 살아야 하는가? 지속적으로 건네는 삶의 질문을 따라나선 길에서 우연히 읽게 된 책이 해답이 되었다. 『마흔세 살에 다시 시작하다』의 저자 구본형, 나는 그분의 제자가 되었고, 1년 동안 회사 생활을 하면서 틈틈이 인문 고전을 탐독했다.

스승과의 첫 만남은 충북 충주에 있는 산막이옛길이었다. 처음 만나는 자리여서 가슴이 심하게 두근거렸다. 스승이 먼저 손을 내밀었고, 두 팔을 크게 벌려 안아 주었다. 저서를 감명 깊이 읽어서 그랬는지, 상상한 모습 그대로였다. 따뜻하고 푸근했다. 포옹의 힘은 사람의 마음을 평온하게 하고, 단 한 번의 몸짓으로도 깊은 인생을 느끼게 했다.

스승과의 첫 만남과 첫 책, 첫 수업은 깊이 각인되어 지금도 내 기억 속에 살아 있다. 스승이 추천한 첫 책은 카를 융의 『기억, 꿈, 사상』이었다. 내게 죽음을 맞닿게 한 사고에서 가진 의문을 도왔고, 항상 깨어 있게 안내해 주었다. 밑줄 그은 문장이다. "무의식은 우리에게 뭔가를 알려 주거나 영상으로 암시하면서 하나의 기회를 준다. 무의식은 어떤 논리로도 이해되지 않는 것들을 우리에게 때때로 전해 줄 수 있다."

융이 여든 살이 넘었을 때 자기 인생을 '무의식의 자기실현의 역사'라고 정의했듯이, 꿈에서 나타나는 상징이 내면의 자아에서 비롯된 사실이라는 것을 되짚어 준 스승은 그런 내면의 자아와 어떻게 조화롭게 살아가야 하는지 알려 주었다.

첫 수업은 나의 장례식이었다. 세미나실 강단에는 수십 개의 초가 어둠을 밝혔고, 나무 관 주변에 국화꽃송이가 빙 둘러 놓여 있고, 나의 죽음에 함께하는 사람들이 조용히 앉아 있었다. 세상을 떠나기 전에, 장례식에 참석할 사랑하는 가족과 친구들에게 마지막으로 전하는 편지를 준비했다.

나는 강당 한가운데 놓인 의자에 앉아 천천히 읽어 내려갔다. 아직 이루지 못하고 화해하지 못한 일들을 떠올리자, 가장 먼저 떠올린 건 아버지와의 화해였다. 마음이 아팠다. 성장기에 무섭기만 했던 아버지에게 받은 상처가 어른이 된 지금도 마음에 남아 있었다. 가장으로 부족한 나와 함께한 아내와 아이들에게 고맙다는 말도 잊지 않았다.

마지막으로 고인이 된 그 청년에게 말했다. 버스 사고와 함께 꿈과 죽음이 혼재된 채 내게 생애 부채감을 안겨 준 남모를 그 청년 말이다.

"네가 나에게 살아갈 이유를 알려 준 것처럼 내가 다시 살아 갈 수 있다면, 어제 죽은 이가 그토록 바라던 오늘을 헛되이 보 내지 않고 누리면서 살겠어. 계절마다 아름답게 피어나는 꽃들 과 아침저녁으로 태양의 아름다운 모습을 놓치지 않고 살게."

모의 장례식 이후에도 인문 고전을 읽으면서 꾸준히 탐색 했다. 나는 누구인가? 어떻게 살 것인가? 그 기간이 지나면서 삶의 큰 전환점이 되었고, 내면에서 울린 '나의 삶은 혼자가 아 닌 누군가 항상 함께 있고, 내가 얻은 깨달음을 통해 타인에게 선한 영향을 주어라'라는 삶의 목소리를 따르게 되었다.

이제 구본형 스승이 돌아가신 지 10주기가 되었지만, 그분 의 가르침은 변함없이 삶에 등불이 되어 나의 길을 비추고 있 다. 스승의 임종이 얼마 남지 않았을 때였다. 동기들과 함께 병 원을 찾았을 때, 기운이 없는 나지막한 목소리로 "괜… 찮… 아, 잘될… 거야"라고 하셨고, 그 한 말씀이 우리에게 전해지는 울 림은 컸다. 당신의 몸이 암세포로 고통스러운 순간에도 타인의 삶에 희망을 주려는 스승의 모습을 잊을 수 없다.

불안하고 두려운 상황이 오면 누구나 자신의 인생에서 선 한 영향을 준 사람을 떠올릴 것이다. 그런 혼란스러운 상황이면 잠시 생각을 멈추고 질문한다. 스승이라면 이 상황을 어떻게 생각하실까? 그리고 스승이 내게 보여 준 잊을 수 없는 장면들을 떠올린다. 간혹 버스 사고로 사망한 그 청년에게 질문한다. '어떻게 생각해?' 응답할 리 없는 그 순간의 멈춤이 내겐 해답을 찾아가는 용기를 준다.

　이러한 내적 멈춤은 긍정의 바람을 내 안에 불어넣었고, 돌아보면 불안을 희망으로 연결해 주는 나와의 대화이기도 했다. 내 안의 나를 흔들어 깨우는 신성한 손길이었다. 그렇게 멈춤의 시간은 긍정의 시선으로 바꾸어 주었고, 어둠에서 빛나는 밝음이 고개를 들면서 말해 주기도 한다.

　"별일 아닐 거야. 넌 잘할 수 있어!"

날개를
펼치게 하는 힘

　도서관에서 종종 혼자 하는 일이 있었다. 창문을 열고 하늘을 날아가는 새들의 날갯짓을 바라본다. 한껏 날아오르려는 새의 날갯짓은 더욱 힘차게 느껴진다.

20여 년의 직장 생활을 끝낸 아버지는 사업을 시작하셨다. 창립 초기에는 기대한 만큼 사업이 순조로웠던 것으로 기억한다. 9년이 지날 무렵, 무리한 사업 확장으로 파산한 아버지 회사는 다시 회복하지 못했다. 하루아침에 부러움을 사며 살던 집에서 월셋집으로 옮겨야 했다. 그때 나는 10대였다. 가난의 어둡고 긴 터널을 지나는 동안 스스로 외톨이로 만들기도 했고, 흔쾌하고 너그러운 긍정의 심성이 자리 잡기도 했다.

지방 대학을 졸업할 무렵에는 취업 한파가 몰아쳐서 홀로서기를 해야 했는데, 할 수 있는 거라고는 도서관에서 취업 공부를 붙잡는 일이었다. 책상에 펼쳐진 빽빽한 문장 사이에서 자주 길을 잃었고, 갖가지 생각이 얽히면 무겁게 마음을 짓누르곤 했다. 책 속의 글자가 눈에 들어올 리 없었다. 내 인생에서 가장 불안하고 힘든 때가 아니었을까.

그날따라 주머니 속에서 찰랑거리는 동전 소리가 크게 느껴졌다. 동전을 만지작거리다가 무엇을 살 수 있나 떠올렸지만, 자동 커피 판매기의 커피 한 잔이 고작이었다. 동전을 넣자 어김없이 커피가 내려졌다. 이 커피 한 잔으로 내 영혼이 깨어났으면.

쌀쌀한 날씨여서 하얗게 김이 모락모락 피어오르던 커피,

한 모금을 천천히 마셨다. 집을 나설 때 들었던 어머니 목소리가 떠올랐다. "아들, 어깨에 많은 짐이 있다고 생각하지 마. 다 잘될 거야." 엄마에게 듣던 최고의 격려였다. 따뜻한 커피 덕분인지, 엄마의 목소리를 떠올린 덕분인지 평온해졌다. 커피를 거의 다 마시고 나서 책을 펼쳤다.

그때였다. 도서관 실내가 소란스러워지더니 여기저기 비명 소리가 들리는 것이 아닌가. 열려 있던 창문으로 새 한 마리가 날아드는 바람에 새도 사람도 혼비백산이었다. 내 눈을 의심했지만, 진짜 새가 날아든 것이다. 몇몇 사람은 새를 피하느라 자리에서 일어서고, 어떤 사람은 새를 향해 무언가를 집어 던졌다.

낯선 세상에 들어온 새는 갑작스러운 인간의 저항에 어디로 가야 할지 방향을 잃었다. 푸드덕거리며 허공에서 세차게 날갯짓만 할 뿐이었다. 휘이 휘이! 누군가 새를 쫓겠다고 소리치며 다가갔다. 마구 막대기를 휘둘렀다.

당황한 새는 어찌할 바를 모르다가, 닫힌 창문 유리창에 부딪히더니 책상 위에 떨어졌다. 간신히 몸을 일으켜 세운 새는 가쁜 숨을 몰아쉬었고, 다시 날개를 펼쳤지만 소리만 요란할 뿐 날아오르지 못했다. 순간 날아오르는 방법을 잊은 걸까?

몹시 갈팡질팡하는 새를 보면서 현실 속의 내 모습 같았다. 어떻게 하면 새가 다시 날 수 있을까? 나는 자리에서 일어나 창가로 다가갔다. 닫혀 있던 창문을 하나씩 하나씩 열자, 반대편 사람들도 창문을 열기 시작했다.

잠시 후 바람이 들어오자 실내 공기가 달라졌다. 바람의 기운을 느꼈을까? 새는 숨을 고르더니 천천히 날개를 펼쳤다. 창문 밖의 거인이 큰 입김을 불어 주는 듯했고, 책상 위에 있던 가벼운 종이들이 이리저리 흩어졌다. 날지 못하고 있던 새는 날개를 펼치더니 열려 있는 창문 너머로 힘차게 날아올랐다.

새는 저쪽으로 날아갔다. 새의 날개를 붙잡은 바람이 어느 방향으로 가야 할지 알려 주는 것 같았다. 드넓은 하늘에서 마음껏 날갯짓을 하는 새, 이제 어디든지 날아갈 수 있었다. 새는 세차게 날아올랐다.

'잘 이겨 냈어. 너의 세상에서 자유로워지기를!' 삶이 힘들거나 어디로 가야 할지 막막할 때 도서관 창문을 열어 본다. 열린 창문으로 날아온 새는 반드시 열린 창문으로 날아갈 수밖에 없다. 창가에서 드넓은 하늘을 바라보면 그때 그 새의 날갯짓이 떠오른다. 힘차게 날아오른 새는 어디로 갔을까?

중국의 사상가 장자의 말이 떠오른다. "물이 깊지 않으면 큰 배를 띄울 수 없듯이 바람이 충분하지 못하면 큰 날개를 띄울 힘이 없다." 오직 내 안의 열린 창문으로 날아들어 온 새 한 마리, 세상 밖으로 향한 창문을 열자 바람이 들어왔다. 날개를 펼칠 수 있었던 바람! 그날 그 새는 내 마음으로 날아들었다고 생각한다.

지금 어디로 가야 할지 막막하다면 잠시 일어나 걷자. 아파트 단지 산책로에서, 골목길을 따라 돌아 나가는 바람결을 느끼자. 그 바람을 타고 '살아 있다'는 생기를 찾을 수 있다면 좋겠다. 어쩌면 바로 옆에 있던 창문을 발견하고, 곧바로 날갯짓할 충분한 바람을 발견할지도 모른다.

가난한
꿈쟁이

사회에 첫발을 내디딘 곳은 전라북도 장수군, 해발 500미터 산속에 있던 분뇨 폐수처리장이었다. 작은 바닷가 마을 경상도 월내에서 살아온 내게 전라도는 낯선 곳이었다. 회사 동료 차를 타고 꾸불꾸불한 산길을 따라 올라갈 때도 마치 미지

지금 어디로 가야 할지 막막하다면
잠시 일어나 걷자.

의 세계로 끝없이 들어가는 기분이었다. 이 불안과 두려움을
진정시키기 위해 끊임없이 예측해 보지만 소용없었다. 모든 것
이 불확실했다.

　산 정상에 오르자, 건설 현장이 내려다보였다. 여러 대의
굴착기가 산허리를 파고 있고 덤프트럭이 흙을 실어 나르고 있
었다. 건설 현장 구석에 있는 작은 컨테이너 사무실 창문으로
담배 연기가 스며 나왔고, 문을 열자 짙은 안개가 낀 듯 앞이 보
이지 않았다. 화생방 훈련이나 두더지를 잡기 위해 연기를 피
운 꼴이었다.

　담배 연기가 숨막히게 했다. "현장 경험을 한 달 하고 돌아
오면 내가 갈게"라고 하던 선배, 그다지 믿어지지 않던 선배의
말이 떠오르고, 동시에 계속 여기 있게 되겠구나 싶었다. 내 몸
의 무게감이 심하게 느껴지던 순간이었다. 아니나 다를까. 선
배는 허리를 다쳤다는 핑계로 오지 않았다. 다음 달에도 그다
음 달에도 계속해서 나는 그곳에 있었다.

　숙소는 산골의 오래된 집이었다. 할아버지, 할머니가 사는
집에는 현장 소장이 방 한 칸을 월세로 지내고 있었다. 소장은
쉰 살이 넘은 고참 부장이었는데, 그와 함께 한 방에서 지내야
했다.

동화책에서나 본 듯한 산골 마을 그대로였다. 어려서부터 도시 생활을 해 온 나에겐 너무나 낯선 환경이었다. 높은 빌딩 숲에서 화려한 사회생활을 시작할 줄 알았던 내 꿈과는 전혀 다른 세상. 밤하늘을 쳐다보았다. 수많은 별이 쏟아져 내릴 것만 같았다.

산속의 어둠은 빨리 찾아왔다. 숙소 가까이에 외양간이 보였고, 방문 앞에 캐리어 가방이 있었다. 현장 소장이 꺼내 놓은 것을 보면 그의 것이 아니었다. 누구의 캐리어란 말인가.

지난주에 이곳에 왔다던 신입 직원의 짐이라며, 현장 소장은 주머니에서 담배를 꺼내 물었다. 신입 사원이 얼마나 힘들었으면 못 버티고 가 버린 걸까? 캐리어조차 챙기지 않은 채 떠나는 심정은 어떠했을까? 나의 선택이 잘못된 것은 아닌지 혼란스러웠다.

소장은 늦은 저녁까지 담배를 피웠다. 방 안은 환기가 되지 않은 탓에 담배 연기로 찌들어 있어서 흡사 인간 공기정화기가 된 기분이었다. 몇 차례 기침을 하자, 신입 사원처럼 야반도주할까 봐 신경이 쓰였는지 담뱃불을 끄고 창문을 열었다. 찬바람이 들어왔다. 밤공기는 쌀쌀했다.

새벽녘 수탉 울음소리에 잠에서 깨어났다. 이불을 덮어쓴 채 잠 못 이루는 첫날 밤이었다. 소장은 깊이 잠들어 있었다. 도시와는 전혀 다른 한적한 산속 공기는 무공해 그대로 청량했다. 화장실을 찾았지만 보이지 않았고, 할머니의 손끝이 외양간을 가리킨다. '아, 소와 함께 볼일을 봐야 한단 말인가.' 나는 별별 상상을 하다가 이미 두 발이 오래되어 굳어 있는 소똥을 밟고 있다는 사실에 깜짝 놀랐다. 순간 소똥 냄새가 코를 찔렀다.

외양간에는 어미 소와 송아지가 있었는데, 끔뻑끔뻑 쳐다보는 송아지의 눈망울이 정말 착해 보였다. 나는 쭈그리고 앉았고, 어미 소는 연방 여물을 씹으면서 쳐다보았다. 소를 마주보며 똥 싸는 날이 올 줄이야. 그때였다. 어미의 똥이 철퍼덕하고 떨어지자, 곧바로 송아지 똥이 철퍼덕하고 떨어졌다. 어미 소와 눈이 마주친 순간 웃음이 나오고, 왜 하필 그때 권정생 선생님의『강아지 똥』첫 장면이 생각난 걸까.

돌이네 흰둥이가 똥을 눴어요.
골목길 담 밑 구석 쪽이에요.
흰둥이는 조그만 강아지이니까 강아지 똥이에요.

강아지 똥처럼 낯선 곳에 혼자 남겨진 기분이었다. 나는 이

토록 쓸모없는 존재인가. 잠시 우울했지만, 날것 천국인 이 산골에서 무엇을 경험하고 배울지 기대되기도 했다. 어떻게 살아가야 할지 해답이 숨어 있을지 모를 일이다.

어디에도
물들지 않는

비가 내려서 땅이 질퍽거렸다. 현장이 가까워질수록 비포장도로였다. 머리와 허리에 보호 장비를 착용하고, 군화 같은 작업 신발을 신고 발목 보호대까지 착용한 상태여서 신발은 점점 무겁게 느껴졌다. 군대 시절로 돌아간 기분이었다. 긴장이 되기도 했고, 한편 새로운 마음가짐이어서 발걸음을 가볍게 했다.

"멈춰! 움직이지 마, 그대로 있어!"

토목 반장이 소리쳤다. 바로 눈앞에서 뱀 한 마리가 똬리를 틀고 노려보고 있었다. 현장 소장의 발자취를 따라 내딛느라고 땅만 바라보며 걷고 있을 때였다. 뱀 뒤쪽에서 천천히 움직이는 토목 반장의 손에는 나무 꼬챙이가 들려 있었다. 나는 온 몸이 얼어붙은 듯 움직일 수 없었다.

뱀은 더욱 머리를 높이 쳐들었고, 그 순간 재빨리 움직인 토목 반장이 나무 꼬챙이로 뱀 머리를 땅에 짓눌렀다. 뱀 꼬리가 나무 꼬챙이를 칭칭 감아 버렸는데, 잠시 뒤 뱀 꼬리에 힘이 풀리고 나서야 토목 반장은 뱀 머리를 순식간에 잡아채서 던져 버렸다.

"초짜가 왔구먼, 땅에 돈 떨어졌어! 앞을 보고 걸어야지. 여기는 정신 바짝 차리지 않으면 죽는 수가 있어."

생명을 구해 준 그의 목소리가 듣기 좋았지만 '초짜'라는 말이 거슬렸다. 초짜? 다시 걸어가려는데 긴장한 탓일까? 신발이 진흙 바닥에 붙어 발만 빠져나왔다. 그리고 오른발이 진흙에 빠지자 곧바로 왼발이 빠지고 말았다. 땅바닥은 온통 접착제를 발라 놓은 것 같았다. 잔뜩 진흙이 묻은 발을 신발에 다시 욱여넣고 신발 끈을 조였다. 차갑게 미끈거리는 발이 불쾌해도 애써 태연한 척했지만, 나는 완벽한 초짜였다.

현장 소장이 토목 반장에게 공사 진행 상황을 물어보는 동안, 작업 현장을 둘러보았다. 굴착기, 덤프트럭 등 중장비 기계 소리가 산 전체를 들썩이게 했다. 시끄러운 엔진 소리와 매캐한 경유 냄새에 속이 미식거리고 어지러웠지만, 현장의 움직임이 역동적이고 가슴을 두근거리게 하고 있었다.

그날 저녁, 나를 환영하는 회식 자리는 현장 옆 함바집이었다. 그곳 주인은 뒷마당에서 키우던 닭을 잡더니 어느새 요리하는 전 과정을 보여 주고 있었다. 닭다리를 뜯어 나에게 건네는 현장 소장의 마음이 전해졌고, 토종 닭답게 쫄깃한 식감이 일품이었다.

현장 소장은 그 자리에 모인 반장들을 차례로 소개했다. 토목 반장, 기계 반장, 전기 반장 순서였다. 시간이 지나 건배사가 몇 차례 크게 들리고, 술이 거나해진 사람들의 목소리가 점점 커졌다. 생소한 전라도 사투리여서 알아듣기 어렵기는 해도, 억양과 표정이 한껏 즐겁게 했다.

그런데 아무래도 기계 반장은 못마땅한 표정이었다. 어디든 모든 사람이 나를 환영하는 것은 아니니까. 그날 아침에 기계 반장에게 혼난 기억을 떠올렸다.

"어이, 거기 옆에 있는 몽키 좀 가져와."

그가 '몽키'를 가져 오라고 했는데, 몽키가 공구 이름인지 몰랐던 나는 어리둥절했다. '동물원도 아니고 원숭이를 왜 찾는 거야?' 이것이 내 생각이었다. 주변을 둘러본 다음에 "몽키, 없습니다!"라고 큰소리로 대답하자, 버럭 화를 내면서 다가왔던 기계 반장이었다. 현장에서 없다고 하면 어떻게 하냐고 목청을 높였다. 몽키 비슷한 거라도 찾아오라는 것이다.

아이코, 원숭이 비슷한 것을 어디서 찾느냐 말이다. 아무리 주변을 둘러보아도 있을 리 없는 원숭이였다. 식은땀을 흘리자, 어이없다는 표정을 짓고는 가 버렸다. 그때만 생각하면 얼굴이 화끈거렸다.

술에 취한 기계 반장이 아침에 그랬던 것처럼 같은 말투로 갑자기 물었다.

"너, 몽키가 뭔지 아냐?"

"저, 원숭이 아닌가요?"

반장들이 내 얼굴을 빤히 쳐다보다가 하나같이 웃음보를 터트렸다. 웃는 이유도 모른 채 따라 웃는 나, 슬픈 웃음이었다. 기계 반장은 한참 웃고 나더니 "미안해, 한 기사. 자네가 알고 있다고 생각했어. 대학 나왔으면 공구 이름 정도는 알아야지. 어떻게 적응할지 걱정된다"라고 하자, 현장 소장이 내 편이되어 준다.

"김 반장, 그만해. 초짜 거치지 않는 사람이 누가 있나. 모두 그런 과정을 거쳤잖아."

그날 이후 몽키는 내 인생에 절대 잊을 수 없는 공구로 각인되었다. 몽키의 정확한 명칭은 멍키스패너. 기계에 붙은 볼

트와 너트를 조이거나 풀 때 사용하는 도구였다. 그날 이후 나는 한승욱 이름 대신 '몽키'라고 불렸다.

현장에 내려갈 때면 항상 몽키를 몸에 달고 다니면서 볼트를 조이거나 풀었다. 마음이 지칠 때, 볼트를 조이면 마음을 다잡는 기분이었고, 마음이 꼬여 있거나 불안할 때 볼트를 풀면 편안해지기도 했다. 마음을 내려놓는 생활을 반복하면서 조금씩 현장에 적응해 갔다. 이렇게 저렇게 마음을 다잡을 수 있었다.

누가 불안하게
만드는 걸까?

온종일 현장에서 뛰어다닌 탓에 땀으로 흠뻑 젖어 있었다. 숙소로 돌아와 옷을 벗고 씻으려고 할 때였다. 창문 밖은 이미 암흑인데 소장은 현장 사무실에서 설계 도면을 가져오라고 한다. 발길이 떨어지지 않았다.

어릴 때부터 어두운 곳을 질색하던 내가 혼자 칠흑 같은 산속을 걸어야 하다니. 아, 가기 싫다고 완강하게 말하려는 순간, 가늘게 떨고 있던 내 손엔 현장 소장이 들려 준 손전등이 있었다.

산속의 밤은 블랙홀 같았다. 모든 불빛을 빨아들이는 블랙홀. 손전등을 켜고 어두운 산길을 조심스레 내려갔다. 이런 어둠 속에서 손전등의 위력은 대단했다. 어디를 비춰도 훤히 들여다보였고, 달을 향해 손전등을 비추자 달 옆에서 졸던 별들도 하나씩 깨어나지 않는가. 달 표면까지 보일 것 같았다.

시간이 지나 어둠에 익숙해지자, 깜깜한 산속이 보이기 시작했다. 손전등을 꺼도 가까운 나무들이 보이는 것이 신기하기만 했고, 어느새 혼자 씩씩하게 걸어가는 내 자신이 대견스러웠다. 멀리 컨테이너 사무실이 보였다.

막상 목적지가 보이자 마음이 급해졌다. 바로 그때 등 뒤에서 바스락거리는 소리가 들리고, 순식간에 누군가 쫓아오고 있다는 두려움이 몰려들었다. 쓸데없는 생각인 줄 알면서도 가슴이 세차게 두근거렸고, 발걸음이 빨라졌다.

그럴수록 더 구체적인 허상들이 불안을 가중시켰다. 블랙홀로 빨려 들어가는 것 같았다. 분명 손전등이 환하게 밝혀 주는데도 마음은 점점 더 어두워졌고, 나도 모르게 뛰어가고 있었다. 손전등 불빛은 산길이 아닌 하늘과 땅을 번갈아 가며 미친듯이 움직였다. 이미 나는 산길을 벗어나고 말았다.

풀숲에는 여기저기 땅을 깊이 파 놓은 곳마다 '접근 금지'

팻말이 붙을 만큼 위험했는데, 바로 발아래에서 나무판자를 밟은 소리가 나더니 그만 맨홀로 떨어지고 말았다. 너무나 순식간이어서 비명 소리조차 지르지 못했다. 다행히 맨홀은 깊지 않았고, 중간 깊이에 아무렇게나 고정된 나무 각목들이 있는 바람에 더 이상 떨어지지 않았다.

나무 위에 간신히 걸터앉으니 허벅지와 팔에 통증이 심하게 느껴졌다. 다행히 저 아래 떨어진 손전등은 불빛을 비추고 있었다. 나는 천천히 몸을 움직였다. 욱신거리고 쓰라린 통증이 있는 팔에서 뜨거운 액체가 흘러내렸다.

손전등 불빛이 내겐 구세주였다. 머리 위로는 달빛 별빛이 보였다. 조금만 침착하게 걸었더라면 이런 일이 없었을 텐데, 무언가 쫓아온다는 허상이 만든 무의식적인 두려움이 이 모양을 만들었다. 잔뜩 불안감에 휩싸인 것이 화근이었다.

맨홀에 빠진 내 모습이 서러워서 울었다. 그동안 현장의 거친 사람들 틈 속에서 초짜, 몽키, 똥쟁이라는 소리를 들으면서도 꿋꿋이 버텼는데 눈물이 터져 버렸다. '왜 이렇게 멍청하지? 나는 무엇을 해도 안 되려나 봐! 쓸모없는 존재가 아닐까?' 자꾸만 자책했다. 한심하고 한심한 나를 비난할수록 마음 깊은 곳에서 설움이 북받쳐 올라왔다. 한참 울고 나서야 마음이 홀가분해졌다.

누군가가 꺼내 주기 전에는 이곳을 빠져나갈 수 없는 상황이었다. 홀로 불빛을 보내는 손전등을 내려다보았다. 어둠 속에서 불빛은 살아 있는 존재 같았다. 함께 추락했는데 나는 이처럼 어둠 속인데 저리 밝게 빛나다니. 불빛 덕분에 서서히 불안에서 벗어날 수 있었다.

이크, 불빛 아래 무언가 꿈틀거렸다. 뱀인가? 온몸에 힘이 잔뜩 들어갔다. 아니었다. 작은 벌레들이 지나가는 그림자였다. 잠시 뒤에는 날벌레가 모여들었다. 손전등 불빛이 만들어 놓은 무대 위에서 공연하는 듯이 바삐 움직였다.

한 시간쯤 지났을까. 그동안 나 자신도 내 편이 아니었는데, 이 순간은 모두 내 편이었다. 보이지 않는 존재들이 내는 소리가 음악처럼 들리고, 통증과 불안, 두려움까지 잊게 했다. 맨홀 가까이에서 나를 찾는 소리가 들렸다.

현장 소장과 토목 반장의 목소리였다. "여기요!!!" 나는 크게 외쳤다. 두 개의 손전등이 내 얼굴을 비추었을 때 비로소 안도의 한숨을 쉬었다. 드디어 몽키를 찾았다면서 소리치고는 웃어 제끼는 토목 반장, 얼마나 걱정했는지 알 수 있었다.

나를 불안하게 하고 위기를 가져온 건 바로 나 자신이었다. 어두운 길을 혼자 걷거나 두려운 순간이 왔을 때, 더 이상 쓸데 없는 허상을 만들거나 일어나지 않은 일을 상상하면서 나 자신을 괴롭히지 않기로 했다. 자책하거나 비난하지 말자. 어떻게 내 마음을 챙겨야 하고, 왜 누군가를 지지해야 하는지 알 것 같았다.

불안에 떨고 있을 때 나를 지키고 구해야 하는 것도 나라는 사실을 상기시키려 한다. 그리고 눈을 감는다. 심리적이든 실제 상황이든 어둡고 긴 터널을 지나갈 때면 맨홀 속에 있던 나를 떠올린다. 눈을 뜨고 터널 끝을 향하는 나를 힘껏 응원한다.

어린 왕자가
나를 본다면

한동안 '똥차'라고 불리는 정화조 차를 타곤 했다. 빛바랜 초록색 탱크와 파란 호스가 감겨 있는 차량이었다. 냄새가 아주 많이 날 거라고 예상했지만 막상 그렇지는 않았다. 똥을 싣고 다니니 행운이라도 가져다주는 차가 아니겠나? 그렇게 우스

갯소리를 건네기도 했다.

똥차를 모는 우리는 모두의 불청객이었다. 도로의 차들은 똥차가 제 앞으로 들어올까 봐 추월하기 바쁘고, 창문을 닫은 채 부지런히 앞서가려 했다. 식당에 갈 때도 먼 곳에 주차하고 걸어가야 했다. 혹여 고속도로 휴게소에 안심하고 주차해 놓으면, 차에서 내리는 승객들이 눈살을 찌푸리거나 손으로 코를 잡는 장면을 자주 목격했다. 그 모습을 볼 때마다 움츠러들었고, 타인의 시선을 의식하는 습관이 생겼다.

타인을 의식하지 않는 유일한 시간은 실험실에서 현미경 속 미생물을 보고 있을 때였다. 미생물이 분해하는 폐수 한 방울을 떠서 현미경에 올려놓으면 새로운 세계가 펼쳐졌다. 그 안에는 리토노투스(Litonotus), 보티셀라(Vorticella), 아스피디스카(Aspidisca) 등 여러 미생물들이 마치 그리스 신화에 등장하는 왕뱀 퓌톤, 아르고스, 니케의 날개처럼 움직이고 있었다.

나는 거인이 되어 하늘에서 그들을 내려다보는 것 같았다. 문득 『어린 왕자』의 한 문장이 떠올랐다. "가장 중요한 건 눈에 보이지 않아. 마음으로만 보아야 잘 보이는 거야." 아, 그렇지. 신화 속 혼돈의 세상에 나타났던 왕뱀 퓌톤의 모습이 보였다. 폐수가 분해되는 초기에 볼 수 있는 거대한 생물이었다. 주변의 먹이들을 순식간에 먹어 치웠다. 무거운 몸집을 이끌고 탐욕스럽게 먹이를 찾아다니는 모습이 꼭 우리가 사는 세상에도 존재할 것만 같았다.

현미경 초점을 옆으로 움직이자 새로운 생명이 보였다. 유기물 덩어리에 꼭 붙은 채 지나가는 먹이를 끊임없이 빨아들였다. 짧은 시간에 자신의 몸집을 키워 수많은 열매가 주렁주렁 달린 나무 모양의 생명체는 신화 속, 눈이 백 개 달린 아르고스의 모습을 닮았다.

이윽고 승리의 여신 니케의 날개를 떠올리게 하는 아스피디스카가 나타났다. 무당벌레를 닮았는데 뒤뚱거리는 몸짓으로 한 곳에 머무르지 않고 계속 유영하며 먹이를 찾아다녔다. 승리와 자유의 날개를 가진 그들이 나타나면 폐수 처리가 잘 되고 있다는 신호였다. 온갖 고난과 시련을 이겨 낸 기쁨의 순간이기도 하다.

그들은 찰나의 삶 속에 모든 것을 담아내고 있었다. 혼돈 속의 탄생, 존재의 몸부림, 고난을 극복한 영웅의 모습. 누구의 소유도 아닌 시공간에서 그들은 매 순간 신화를 만들어 내고 있었다. 세상 사람들은 그들이 어떻게 살아가는지 전혀 관심이 없지만, 나는 그들이 얼마나 눈부신 존재인지 알게 되었다.

먼 우주에서 어린 왕자가 나를 보고 있다면 어떤 모습일까? 문득 이런 생각이 들었다. 작은 미(微)생물일까? 아니면 아름다운 미(美)생물일까? 인간의 모습으로 살아가는 나, 현미경 속 찰나의 순간을 살아가는 미생물 모두 '살아 있음' 그 자체로 환희이고 아름다운 모습이었다. 비록 우리가 필멸의 운명이지만 지금 원하는 곳으로 날아가기 위해 자유롭게 날개를 펼친다면 아름다운 모습으로 살아가는 것이 아닐까?

물리학자 칼 세이건은 『코스모스』에서 "우리의 존재가 무한한 공간 속의 한 점이라면, 흐르는 시간 속에서도 찰나의 순간밖에 차지하지 못한다"라고 했다. 우주의 기준으로 지구를 본다면 하늘도 바다도 작은 존재들이다. 근심과 불안은 그저 찰나일 뿐이다. 잠시 멈추고 현재의 굴레를 벗어나 위대한 자연을 음미한다고 해도 큰일 날 것은 없다.

길을 가다 예쁘게 핀 꽃이 발걸음을 멈춰 세울 때나 아침저녁으로 오가는 붉은빛 태양이 시선을 붙잡을 때, 잠시 멈추고 이렇게 묻는다. 나는 지금 제대로 가고 있는 걸까? 그러면 오래전 나만의 공간에서 미생물을 보며 행복해하던 시간이 떠오르고, 마음 속 어린 왕자가 '모든 중요한 건 너의 마음에 있어!'라고 말을 건넨다.

인간의
봄

햇살이 뜨겁게 내리쬐던 날이었다. 선별 기계가 고장 나서 찌꺼기들이 폐수처리장 수면 위에 둥둥 떠다녔다. 폐수 분해에 방해가 되는 찌꺼기를 건져야 했다. 정화조 차에는 똥만 들어 있는 것이 아니었다. 분해되지 않는 생리용품, 콘돔, 인간과 동물의 배설물에 있던 소화되지 않는 씨앗들도 폐수처리장으로 들어왔다.

안전모 대신 둥근 밀짚모자를 쓰고 빨간 고무장갑을 낀 다음, 긴 막대기 끝에 뜰채를 묶는다. 뜰채가 수면 위를 훑고 지나가면 수많은 찌꺼기가 올라온다. 빨간 고무 대야에다가 뜰채에 담긴 찌꺼기를 털어 내야 한다. 쓸모없는 찌꺼기를 건지면서 그 속에 소중한 존재가 있을지 모른다고 생각하는 나는 누구인가?

찌꺼기 중에 가장 많이 보이는 건 씨앗이었다. 그 씨앗 중에는 영화 〈스타워즈〉에 등장하는 우주선을 닮은 것도 있었다. 절대 파괴되지 않는 생명력 있는 우주선! '혹시 씨앗 속에 누군가 타고 있는 건 아니겠지?' 혼자 상상하며 씨익 웃는다.

얼마 전이었다. 새로 산 지 며칠 지나지 않은 스마트폰을 씨앗이, 아니 우주선이 어떤 생명을 품었는지 궁금했다.

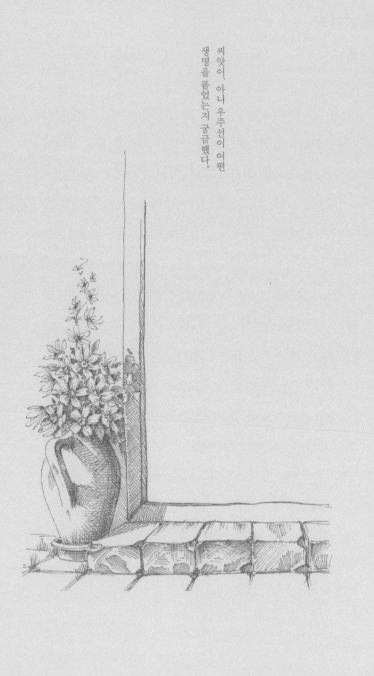

폐수처리장에 빠트리고 말았다. 일주일도 채 사용하지 못한 아쉬움 때문이었을까? 이 우주선 닮은 씨앗을 타고 폐수 속으로 들어가 스마트폰을 끄집어내고 싶었다. 그 순간 앗, 내 몸의 절반이 폐수 맨홀 쪽으로 기울어져 있는 것이 아닌가. 무의식적인 나의 행동에 깜짝 놀랐다. 작업이 끝나고, 씨앗 중에 마음에 드는 것을 골라 가까운 화단에 심었다. 씨앗이, 아니 우주선이 어떤 생명을 품었는지 궁금했다.

주말 근무를 할 때였다. 낯선 운전기사가 정화조 차를 몰고 폐수처리장으로 들어왔다. 차에서 내린 그는 어떻게 호스를 연결하는지 물었다. 잠시 자리를 비운 담당자 대신 설명해도 모르겠다는 표정이었고, 투입구 호스를 연결해 달라고 부탁했다. 언젠가 해 보고 싶은 일이기도 해서 거절하지 않았다.

최대한 여유 있게 투입 장소로 걸어가면서 어깨 너머 익힌 내용을 떠올렸다. 투입 조정판 앞에서 잠깐 생각에 잠겼다가 조정판 작동 스위치를 켰다. 기계장치가 움직이는 소리를 내자, 나도 모르게 움찔 놀라서 뒷걸음을 쳤다. 그런 내 모습이 불안하게 보였을까? 운전기사는 거리를 두려는 눈치였다.

모든 것이 잘 준비되었다고 판단한 나는 그가 건네준 정화조 차 호스를 잡고 투입구에 연결했다. 그리고 조정판의 녹색 버튼을 눌렀다. 그런데 펌프 돌아가는 소리가 요란해지더니 갑자기 투입구 빈틈으로 똥물이 분출하기 시작했다.

멈추려고 급히 빨간 버튼을 눌렀으나 소용없었다. 투입구와 호스가 정확하게 연결되었을 때 딸깍, 소리가 나야 한다는 담당자 말이 그제야 떠오를 건 뭐람, 늦었다! 이미 똥물이 하늘로 솟구쳐 올라간 다음이었다.

중력을 이기지 못한 똥물은 고스란히 나와 운전기사에게 쏟아졌다. 머리에서 얼굴로 똥물이 흘러내리고, 가슴과 등까지 감싸 버렸다. 눈과 입을 꼭 닫고 숨을 멈춘 채 발은 땅에 붙어서 움직일 수 없었다. 제자리에 돌아온 담당 동료가 놀라서 뛰어내려왔다.

"거기 그대로, 움직이지 마세요."

"……."

입을 조금도 열 수 없었다. 아무 말도 할 수 없었다. 동료는 호스를 가져와 온몸에 물을 뿌려 댔다. 그 자리에서 하나씩 하나씩 옷을 벗어야 했고, 움직일 때마다 느껴지는 끈적한 감촉과 지독한 냄새로 숨이 막힐 듯했다. 누런 양말까지 벗고 알몸으로 웅크리고 앉아 물줄기를 맞았다. 부끄러움도 창피함도 느낄 새가 없을 만큼 참담한 상황이었다.

나와 운전기사는 서로 마주 보며 허탈하게 웃고 말았다. 동료는 비누와 수건을 건네주었고, 유난히 비누 향기가 좋았다. 어떤 향기도 이보다 좋을 수는 없었다. 뼛속까지 비누 향기가 전해질 것 같았다. 동료는 연신 물 호스로 바닥과 주변에 물을 뿌렸고, 시간이 지날수록 그토록 불쾌한 감정들이 똥물과 함께 씻겨 내렸다.

그때였다. 똥물이 스며든 화단 사이로 새싹이 보였다. 얼마 전에 똥물에서 건진 씨앗 하나를 화단에 심은 기억이 떠올랐다. 우주선 모양의 그 씨앗에서 껍질을 뚫고 나온 모습이라니. 경이로웠다. 나에게 고맙다고 웃음 지으며 인사하는 것 같았다. 분명히 세상에서 버려진 생명인데, 다시 태어난 새싹인데, 이름을 지어 주고 싶었다.

물을 뿌려서일까? 새싹 위로 자그마한 무지개가 나타났다. 구원받은 생명을 축복이라도 하는 것일까? 무지개는 비 개인 맑은 하늘에서만 볼 수 있다고 생각했는데, 아니었다. 버려지고 더럽혀진 시련이 지나고 한바탕 물줄기가 쏟아지고 나서야 나타난 일곱 빛깔 무지개는 아름다웠다. 새싹을 '사랑꽃'이라고 부르기로 했다.

인간은 저마다 자기 나름대로 꽃이 있고, 자신만의 씨앗을 지니고 있다고 한다. 하나의 씨앗이 새싹을 피우기 위해 얼마나 많은 시련을 견뎌 냈을까? 얼마나 그리워하고 사랑했을까? 무심코 지나치는 생명에게 전해진 나의 눈길이 있어 사랑꽃이 피듯이, 언제나 누구에게나 따뜻한 마음을 전하고 싶다.

"감정은 소유되지만 사랑은 우러난다. 감정은 인간 안에 깃들지만 인간은 사랑 안에서 자란다"고 했던 법정 스님의 말씀이 생각난다. 내 안의 씨앗 하나 쓰다듬는다. 나도 사랑꽃을 피워 내리라. 무지갯빛 따뜻한 온기가 전해졌는지 두근거린다.

지금 당신의 선택이 옳다

오랜만에 고향 집에 왔지만 편안할 틈이 없었다. 일요일 아침인데도 현장 소장의 호출이 있어서 그가 제시한 주소지 부산 해운대에 도착했다. 약속했던 아파트 주차장에서 기다렸지만 30분이 지나도록 내려오지 않았고, 도착 문자를 보내도 어떤 메시지도 보내지 않았다. 몇 동 몇 호인지 확인한 나는 엘리베이터를 찾았다.

7층 엘리베이터 문이 열리고, 몇 발자국 지나지 않아 아파트 현관문이 열려 있는 것이 보였다. 현장 소장은 거실 소파에 아내와 함께 앉아 있었는데, 두 사람의 표정이 좋지 않았다. 크게 충격을 받았는지 무거운 기운이 감돌았다. 머리카락이 유난히 하얗게 보이는 소장은 천정을 올려 보다가 고개를 숙이더니 한숨을 내쉬기를 반복했다. 문밖에 내가 서 있는 줄도 모르는지, 아내가 침묵을 깨고 말했다.

"일단 기다려 봐요. 아이가 서울 친구 집에 갔을지 모르잖아요."

"도대체, 어디서부터 잘못된 건지 모르겠어."

"아이 친구에게 연락이 오면 전화할게요."

중학생 외동딸이 가출한 것으로 보였다. 계속 머뭇거리다가 더 지체할 수 없어 마음이 조급해지려는데, 인기척을 느낀 현장 소장이 나를 알아차리고는 잠시 밝은 표정을 지었다.

그와 함께 짐을 챙겨서 주차장으로 내려갔고, 말없이 나는 차에 시동을 걸었다. 그리고는 곧바로 출발했다. 엉뚱한 도로로 접어들지 않을까 조마조마했는데 다행히 고속도로에 진입하긴 했으나, 얼마 지나지 않아 갈림길에서 결국 잘못된 선택을 하고 말았다.

　내비게이션이 없던 시절이어서 현장 소장은 내게 인간 내비게이션이었는데, 그날은 아무런 말도 하지 않았고, 아무런 행동도 하지 않았다. 지도에 우리가 지나갈 길을 노란 형광펜으로 표시하던 그였으나 어떤 도움도 주려고 하지 않았다.

　우리 목적지는 전북 남원 방향이었는데 경남 남해로 달리고 있었다. 휴게소에 차를 세우고 조수석에 깊이 잠들어 있던 현장 소장을 그대로 두고 화장실에 다녀오자, 잠에서 깬 그는 어디냐면서 둘러보았다.

　"잘못 온 거니?"

　"네, 소장님! 길치여서 죄송합니다."

　"지난밤 한숨도 잠을 못 잤는데, 푹 잤어. 오늘은 일요일인데 쉬어 보자구."

　내심 놀랐다. 인생의 우선순위에서 첫 번째가 회사였고, 일 년 365일 중에 360일을 일한다며 그런 자신을 자랑스러워하던 소장이었다.

　"밤새 생각했는데, 가족을 희생시키며 살아온 것 같아."

　"어디 가고 싶은 곳 있으세요?"

　"운전대를 잡았으니깐 자네 마음대로. 운명이 이끄는 대로 가자구."

잠시 어리둥절해진 나는 그의 말대로 운전하기 시작했다. 표지판이 이끄는 대로 오른쪽으로 가고 싶으면 오른쪽으로, 왼쪽으로 가고 싶으면 왼쪽으로 핸들을 돌렸다. 낯설었지만 조금씩 설레고 재미있었다.

섬진강이 흐르는 강가에 차를 세웠다. 방풍림으로 보이는 소나무 사이로 이어지는 모래사장은 금은 모랫빛으로 반짝였고, 흐르는 강물의 잔물결을 따라 햇살이 반짝거렸다. 주행하는 내내 아무 말이 없던 소장은 차에서 내려 강변을 따라 천천히 걸었다. 그를 따라 나도 걸었다.

강물은 아래로 내려갈수록 세차게 흐른다고 했던가. 그러나 내 앞에서 주변 풍경을 얼비치면서 흐르는 강물은 그저 조용히 흐르고 있었다. 강변을 따라 그저 머무는 강물이 있는가 하면, 어디쯤에서 갑자기 휘몰아치듯 급물살을 타며 흐르기도 했다.

현장 소장은 매사 전투적이어서 급물살처럼 보였는데, 지금은 그렇지 않았다. 강변 모래밭에 스며든 강물처럼 가만히 머물고 싶어 했다. 마른 모래 웅덩이에 고개를 숙이고 있던 그는 한동안 기도하는 모습이었다. 발길 닿는 대로 여행을 한다고 해도 딸을 걱정하는 아빠의 마음을 어쩌겠는가. 그의 아픈 소망이 이루어지길 바랐다.

얼마간 시간이 흘렀을까. 섬진강을 따라 화개장터, 그리고 구례 화엄사를 향해 달리고 있었다. 지리산 노고단에서 시작된다는 단풍이 온통 붉게 물들이던 도로를 따라 주행하다가 주차장에 차를 세우고, 우리 두 사람은 걷기 시작했다.

그는 주행할 때보다 한결 마음이 가벼워진 듯했다. 서로 아무 말이 없었으나 불편하지 않았다. 지리산 자락이 단풍으로 물들어가듯 그날 진하게 물들인 그와의 특별한 여행은 지금도 내 마음을 울긋불긋하게 한다.

현장 소장의 표정이 조금씩 밝아지고 있었다. 그를 보면서 미래를 위해 사는 것과 순간을 미친 듯이 사는 것 중 어느 것이 더 중요한지 생각했다. 극단으로 사는 것보다 균형을 이루는 것이 최선일 것이다. 그 역시 마음의 균형을 되찾기 위해 그날만큼은 휴식을 선택했을 테니까.

회사 일과 가정을 어떻게 꾸려야 할지 조금 더 깨우칠 수 있었던 나는 그날 뜻밖의 선택이 유익이었다. 그 일이 있은 지 얼마 지나지 않아 현장 소장은 회사를 그만두었다. 한동안 안부 전화를 하던 그가 가족과 함께 여행을 하기로 했다는 소식을 전해 주었다.

화기애애하게 정담을 나누며 노란 형광펜으로 표시한 지도를 따라 가족 여행을 하고 있을 그의 환한 표정을 그려 보았다. 빛나는 지금을 살아가고 있을 그에게 힘찬 박수를 보내고 싶었다. 얼마 전에 읽은 프랑수아 를로르의 『꾸뻬 씨의 행복 여행』에 있던 이야기를 들려주고도 싶었다.

"행복은 미래의 목표가 아니라 현재의 선택이지요. 지금 당신이 행복하기로 선택한다면 얼마든지 행복할 수 있습니다. 그런데 대부분의 사람들은 안타깝게도 행복을 목표로 삼으면서 지금 이 순간 행복해야 한다는 사실을 잊는다는 겁니다."

몰입이 멈춰 버린 순간

장거리 출장을 다녀올 때였다. 저녁 식사 시간을 넘겨서인지 배가 고팠다. 늦더라도 집에서 밥을 먹고 싶었는데, 동료는 휴게소에서 먹자고 했다. 휴게소에는 차들이 많아서 마땅히 주차할 공간이 보이지 않았다. 마침 한 자리가 비어 있어서 간신히 주차하고 차 문을 열자, 등산복 차림의 중년 남자가 신경질적으로 말을 걸었다.

"바닥에 '버스'라고 쓰여 있잖아!"

"여기가 아저씨 집 앞이에요, 우리도 밥 먹으러 왔어요!"

대뜸 화를 내는 동료를 휴게소 식당 쪽으로 이끌었다. 동료의 억울한 마음은 계속되었고, 그 아저씨와 맞서려는 그의 어깨를 잡고 식당으로 걸어가야 했다. 빈자리에 마주 앉아 따뜻한 우동 국물을 몸으로 집어넣자 동료는 그제야 성난 마음이 가라앉은 것 같았다. 조금 전 일이 신경 쓰였던 나는 우동을 입으로 먹었는지 코로 먹었는지 모를 정도로 마음이 불편했다.

식사를 마치고 출발했다. 주변은 짙은 어둠으로 온통 깜깜했다. 산길로 이어진 고속도로는 가로등 불빛만이 외롭게 비추고 있었고, 겨울바람이 세차게 불었다. 차는 바람에 부딪힐 때마다 흔들렸다. 동료는 핸들을 꼭 붙잡았다. 그런데 불빛이 닿지 않는 어둠 속에서 희미한 불빛이 깜박거리는 것이 보였다. 하이빔을 켜고 불빛의 정체를 확인한 순간 숨이 멈출 것만 같았다.

"앗! 교통사고?"

승용차가 고속도로에 뒤집힌 채 비상등을 깜빡이고 있었

다. 동료는 급브레이크를 밟았고, 핸들을 갓길이 있는 우측으로 돌리자, 차가 심하게 휘청거렸다. 뒤집힐 뻔하다가 간신히 중심을 잡았다.

우리는 사고 차량을 순식간에 지나쳤다가 겨우 갓길에 차를 세울 수 있었다. 뒤돌아보자 뒤집힌 승용차에서 누군가 운전석 창문을 통해 빠져나오려고 하고 있었다. 나는 서둘러 안전띠를 풀고 차 문을 열자 동료가 말렸다.

"차 안에 있어! 이렇게 어두운데 위험하다고!"

잠시 마음이 흔들렸지만, 이미 차 문 밖으로 내 몸이 반쯤 나가 있던 상태였다.

"일단 119에 전화하자."

나는 동료에게 소리치면서 사고 차량 쪽으로 뛰어갔다. 가로등 불빛이 없는 곳이어서 핸드폰 창을 열었다. 작은 불빛이라도 도움이 될 것 같았다. 겨울바람에 몸이 움츠러들고 손이 시렸지만, 핸드폰을 최대한 높이 들고 흔들었다. 그러나 별다른 차량 불빛이 보이지 않았다.

뒤집힌 차는 하얀색 소나타였다. 중앙 분리대에 심하게 긁힌 흔적이 선명하게 보였고, 도로에는 깨진 유리창이 흩어져 있고, 차에서 튕겨 나온 물품들이 어지럽게 나뒹그러져 있었다. 졸음운전을 했거나 강풍에 중심을 못 잡고 중앙 분리대를 들이받은 모양이었다. 동료는 깨진 유리창 사이로 운전자를 끌어내리려고 안간힘을 다하고 있었다.

잠시 뒤 도로에 불빛이 그림자를 길게 만들었다. 동료와 사고 차량 운전자는 고속도로 한복판 사고 지점에서 벗어나지 못하고 있어서 위험천만한 상황이었다. 마주 오는 차량 불빛이 더욱 선명하게 보여서, 성급한 마음으로 세차게 두 팔을 흔들어야 했다.

멀리서 브레이크 밟은 소리가 요란하게 들려왔다. 검은 승용차 불빛이 가까이 다가오자 눈이 부셨다. 하이빔이 몇 차례 켜지자 눈을 뜰 수가 없었다. 차는 내가 서 있는 바로 앞에서 멈춰 섰다. 아주 아찔한 순간이었다. 다행히 다친 운전자를 갓길로 옮겨 놓을 수 있었다.

그런데 검은 승용차 운전자가 창문을 열더니 불쾌하다는 듯이 마구 소리를 질렀다.

"죽으려고 작정했어? 고속도로 한복판에서 뭐하는 짓이야! 미친 거 아냐?"

그의 말이 옳았다. 더 큰 사고를 막아야 한다는 생각뿐이어서 위험하다고 느낄 새도 없이 고속도로 한복판에 나는 서 있었다. 그는 참을 수 없었는지 차창 밖으로 몸을 내밀면서 계속해서 시끄럽게 화를 냈다.

"앞에 쓰레기를 치워야 지나갈 거 아냐!"

그에게서 고맙다는 말을 들어야 마땅하다고 생각한 나의 기대는 빗나갔다. 검은 승용차는 바닥에 뒹굴고 있는 물품을 이리저리 피하며 사라졌다. 어이가 없었지만 기분 나빠할 여유조차 없었다.

곧바로 또 다른 불빛이 다가왔다. 이번 하이빔 불빛은 더 크고 강렬했다. 다시 핸드폰 불빛을 흔들었다. 그러나 불빛이 다가올수록 조금 전 세차게 흔들던 두 팔이 마음껏 움직여지지 않았다. 갈수록 움츠러들었다.

몹시 춥기도 했지만 두려웠다. 더는 도로 한복판으로 나가지 못하고 갓길에서 팔을 높이 든 채 몸이 얼어 버렸다. 브레이크 소리에 귀가 찢어질 것 같았고, 불빛은 나를 집어삼킬 것 같았다. 간신히 고속버스가 멈춰 섰다.

조금 전 운전자처럼 욕설이 쏟아질 것 같았으나 그렇지 않았다.

"괜찮아요? 당신이 아니었으면 큰일 날 뻔했어요."

버스 기사는 차에 비상등을 켜고 내려서 뒤쪽에 삼각 안전판을 세웠다. 버스 승객들도 하나둘 내렸다. 한 아주머니가 다가와서 내 손을 잡으며 말했다.

"젊은 양반이 우리 목숨을 구했네. 여보, 휴게소에서 당신이 큰소리쳤던 그분이에요."

주차장에서 소리쳤던 그 아저씨였다. 죽음의 순간을 함께해서인지 더는 그가 낯설지 않았다. 버스 승객들과 함께 더 많은 차량에게 신호를 보내 멈추게 할 수 있었다. 모두가 히어로로 변신한 순간이었다. 더 이상 남의 일이 아니었고, 우리 모두의 일이었다. 119 응급차가 도착할 때까지 수많은 차량이 멈추어서 수습될 때를 기다렸다.

경찰이 도착하고 현장이 정리되고 나서야 동료 생각이 났다. 긴장이 풀려서일까, 온몸에 기운이 빠져 동료에게 다가갈 여력이 없었다. 그저 숨 쉴 수 있는 기쁨과 손발이 춥다고 느낄 수 있는 '살아 있음'이 소중했다. 동료와 나는 승객들과 작별 인사를 하고 차에 올랐다. 동료가 말했다.

"조금 전에 차 세울 때 두렵지 않았어?"

"무의식적으로 달려갔던 것 같아. 겁도 없이 차를 세웠지만 큰 버스를 세울 때는 죽을 수도 있겠다는 생각이 들더라고. 그런데 여러 사람이 함께 차를 세울 때는 무섭지 않더라고."

차를 멈춰 세우는 순간에 그 자리에 있던 모두가 하나로 연결되어 있었다. 나와 동료, 뒤집힌 차량 운전자, 무엇보다 버스 기사가 마지막까지 포기하지 않았다. 승객들과 함께 수십 대의 차를 멈춰 세우던 그 순간에도 서로 믿었다. 그 순간만큼은 불안과 두려움도 멈추고, 내 곁에 있지 않았다.

인문 고전 읽기,
낯선 나를 발견하는 여정

구본형 변화경영연구소에서 인문 고전을 읽으면서 나를 찾아가는 여정을 떠났다. 여정의 시작은 신화에 관한 책이었다. 우리가 사는 현실에도 신화 이야기가 살아 숨 쉬고 있었다. 신화는 인간의 내면에 다양한 욕망이 있다는 사실을 알게 했다.

여러 겹의 가면 뒤에 숨겨진 날것의 나, 새롭고 낯선 나를 발견하면서 있는 그대로의 나를 받아들이기 시작했다. 타인의 존재도 마찬가지였다. 나와 다른 존재를 어떻게 수용하고 존중해야 할지 생각했다. 시간이 가면서 차츰 자유로워졌다. 그렇게 말랑말랑해진 마음은 책에서 만난 다양한 인간의 모습을 더 깊이 이해하게 했다. 내가 읽은 신화와 관련된 도서 목록이다.

『신화의 힘』, 조세프 캠벨

『천의 얼굴을 가진 영웅』, 조세프 캠벨

『변신 이야기』, 오비디우스

『그리스 비극』, 아이스킬로스/소포클레스/에우리피데스

『오디세이아』, 호메로스

『율리시스』, 제임스 조이스

『신곡』, 단테 알리기에리

『데카메론』, 조반니 보카치오

『햄릿 / 리어왕 / 맥베스』, 윌리엄 셰익스피어

『파우스트』, 요한 볼프강 폰 괴테

『기억 꿈 사상』, 카를 융

붓다와 같은 인도의 종교 지도자 스리 라마크리슈나는 "깨달음을 찾으려는 자라면 마치 머리에 불붙은 사람이 연못을 찾는 것과 같은 간절함이 있어야 한다"라고 했다. 그렇게 나를 찾기 위한 간절함은 책 속에서 길을 잃고 주저앉아 있던 나를 매번 일으켜 세웠다.

신화 다음으로 이어진 주제는 역사였다. 역사는 개인들의 삶이 끊임없이 연결되어 역사를 이루고 있었다. 나의 존재도 마찬가지로 부모님, 그 위에 할아버지와 할머니가 계시고 더 나아가 수많은 윗대 조상이 나와 연결되어 있었다. 지금 내가 있기까지 윗대 어르신들의 삶은 과거이지만 현재이고, '나'로 인해 앞으로 생겨날 삶의 미래이다. 그 삶의 한가운데에서 나는 아버지의 모습으로 두 아들의 미래를 바라보고 있다.

큰아들에게 '나의 이야기'를 제본해서 건네주었다. 한 달 동안 책상에 앉아 글을 쓰고 있을 때 어깨 너머로 꾸준히 지켜보던 아들이었다. 아마도 무슨 글을 쓰는지 궁금했을 것이다. 아들은 나를 한 번 쳐다보더니 씩 웃고는 읽기 시작했다. 그 모습은 핏줄로 이어진 관계보다 더 끈끈하게 나의 과거와 아들의 미래가 연결되는 순간이었다.

이렇게 나에게 역사는 나의 과거와 현재를 연결하고 가족과 더 나아가 주변의 모든 인연을 매듭으로 이어지게 해 주었다. 내가 읽었던 역사 관련 책들을 소개한다.

『헤로도토스의 역사』 헤로도토스

『그리스인 이야기』 앙드레 보나르

『문명 이야기』 윌 듀란트

『사기열전』 사마천

『삼국유사』 고운기

『난중일기』 이순신

『백범일지』 김구

인류는 어떻게 생각하며 살아왔는가. 이에 대해 다양한 사유의 방식과 새로운 시선을 찾아가는 여정이었다. 무엇보다 삶을 긍정하는 가치를 받아들여야 한다고 말한 니체의 가르침이 좋았다. 그는 "저마다 온전한 자기 자신이 되어야 하며 자신의 가능성을 완전히 실현하면서 긍정적인 삶을 살아야 한다"라고 했다.

그리고 인상 깊은 책은 연암 박지원의 『열하일기』였다. 건륭제의 70세 생일을 축하하는 사절로 청나라에 다녀온 일을 적은 여행기이다. 마치 내가 작가와 함께 여행하고 있다는 착각이 들 정도로 영상미가 풍부한 아름다운 문장들이었다.

"아침에 일어나 창문을 여니 장맛비는 활짝 걷고 맑은 바람이 이따금 불어 드는데 날씨가 이렇게 청명하니 한낮은 무던히 더울 것 같다. 석류꽃은 떨어져 땅에 질펀히 깔린 채 짓이겨져 붉은 흙탕이 되었다. 수구꽃은 이슬에 젖고 옥잠화는 눈 속에서 뽑은 듯하다."

이렇듯 읽는다는 느낌보다 한 편의 영상을 보는 것처럼 작가의 시선이 그대로 전해진다. 내 감정을 굳이 말하지 않아도 보이는 사물이 대신 이야기하면서 감동을 주었다.

내가 읽은 인류의 사유에 관한 책은 다음과 같다.

『신, 서양 문명을 읽는 코드』 김용규

『즐거운 지식』 프리드리히 니체

『서양의 지혜』 버트런드 러셀

『목민심서』 정약용

『다산선생 지식경영』 정민

『열하일기』 박지원

동양의 고전을 통해서는 자연의 순리를 따르고 거기에 몸을 맡기며 살아간다면, 진정한 자유인으로 거듭날 수 있다는 가르침을 얻게 되었다. 나무가 바로 그런 삶을 살아가고 있었다. 햇빛과 바람의 많고 적음에도 꿋꿋이 자신의 자리를 지키며 어디에도 의지하지 않고 누군가에게 그늘을 내어 주며 끊임없이 나눠 주고 푸르름을 유지하는 것. 겨울에는 자신의 모든 것을 내려놓고 깊은 내면을 들여다보는 시간을 보내는 삶. 산책하거나 산에 올라갈 때면 잠시 걸음을 멈추고 땅속에 깊이 뿌리 내린 나무와 교감을 나눈다.

나무 허리나 나뭇가지를 손으로 붙잡고 잠시 눈을 감는다. 그러면 손끝으로 나무의 숨결을 느낄 수 있다. 처음에는 차갑지만, 천천히 온기가 느껴지고 나무 안에 흐르는 생명과 삶이 전해진다. 나무는 나에게 현실의 굴레에서 벗어나 집착하거나 어디에도 연연하지 않고 잠시라도 모든 것을 내려놓고 자연의 순리를 따르고 몸을 맡기라고 말한다.

내가 읽은 동양 고전 관련 책들이다.

『강의』 신영복

『관자』 관중

『장자』 오강남

『인생의 중반에서 만나는 노자』 구본형

P
A
R
T

2

살아 있는 것은

모두 기쁨이다

낯선 곳을 걸어가는
외눈박이

결혼한 지 얼마 지나지 않았을 때, 경기도 파주로 이사를 왔다. 폐수처리장을 떠나게 되면서 정든 미생물과도 이별해야 했는데, 회사의 경영 상태가 좋지 않았다. 이제 낯선 곳에서 해결할 문제가 많았고, 아무래도 가정이 우선이었다.

첫 아이가 들어서면서 옮긴 회사에서는 미생물을 키우는 것이 아니라 미생물이 없는 환경을 만드는 것이 내 역할이었다. 더 이상 미생물을 만날 수 없다는 아쉬움이 컸다. 보이지 않는 미생물을 마주하다가 사람을 마주 보며 일하게 되면서 새로운 만남을 기대하게 되었다.

회사 식품 연구소에서 일할 때는 그다지 어려움이 없었다. 그러나 부서를 옮겨 '불만 고객'을 상대하게 되면서 흔들리기 시작했다. 낯선 고객의 집을 방문해야 했고, 문 앞에서 크게 심호흡을 해야 했다. 스마트폰 창으로 머리와 넥타이를 단정히 한 후 불만 고객을 환한 웃음으로 첫 대면할 마음의 준비를 해야 했다. 좋은 상상을 하고 불만 고객을 만나라는 선배 말을 기억했다.

불만 고객 아파트 벨을 눌렀다. 문이 열리려는 순간 문고리가 걸렸고, 더 이상 문이 열리지 않았다. 문틈 너머 보이는 고객, 그 순간 얼마 전에 고객이 던진 제품에 맞은 장면이 떠올랐다. 이마에 남은 상처가 아직도 쓰라렸다. 이대로 선 채 대화해야 할지도 모른다는 판단에 문틈 사이로 명함을 건넸다. 여자는 명함을 보고는 다시 내 얼굴을 보더니, 문틈으로 클레임 제품을 건네주고 바삐 문을 닫아 버렸다.

일반 고객과 불만 고객을 만나는 것은 다른 상황이었다. 몹시 화가 난 고객의 눈을 똑바로 바라보기 힘들었다. 두 눈이 있음에도 한쪽 눈만으로 쳐다보는 느낌이었다. 어지러웠다. 고객과의 거리와 공간을 인식하지 못한 채 서 있는 외눈박이. 시골 폐수처리장에서의 근무 경험은 아무 소용이 없었다. 다시 불안과 두려움에 흔들리고 있었다.

세 살 아들의 손을 잡고 건널목 신호등 앞에서 기다리고 있을 때였다. 어디선가 향수 냄새가 나서 바람이 불어오는 방향으로 고개를 돌렸다. 키도 크고 늘씬한 여자가 우리 쪽으로 걸어오고 있었다. 가까이 다가올수록 향수 향이 진하게 느껴졌다. 여자는 머리카락을 쓸어 넘겼다. 어떤 향수인지 궁금할 정도로 낯선 향기에 취해 있을 때, 아이가 내 손을 흔들면서 말했다.

"아빠, 이상한 냄새나."

"무슨 냄새? 좋은 냄새가 나는데."

"똥꼬 냄새나!"

그 순간 여자와 눈이 마주쳤고 나도 모르게 아이의 입을 손으로 막았다. 여자는 환하게 웃으면서 말했다.

"향수 냄새가 안 좋았구나. 이모가 미안해."

그녀는 무릎을 굽혀서 아이의 눈을 맞추면서 머리를 쓰다듬었다. 그리고 가방에서 사탕을 꺼내 쥐여 주었다.

"이모가 맛있는 사탕 줄게."

입속에 사탕이 들어가자 찡그린 아이의 얼굴이 밝아졌다. 신호등이 바뀌자 여자에게 감사 인사를 하고 건널목을 건넜다. 아들도 나처럼 냄새에 민감했다. 하지만 향수 냄새를 '똥 냄새'라고 하는 아이의 반응에 놀랐다. 향수 향이었으나 아이에게는 불쾌한 냄새였다. 적어도 사람마다 좋아하는 향기가 다르다는 사실을 알게 되었다.

또 한 가지는 아이의 불만에 반응하는 여자의 마음씨였다. 나라면 똥 냄새난다는 소리에 당장 마음이 불편했을 텐데, 아이의 생각을 공감하는 모습이 인상 깊었다. 아이를 사랑의 눈빛으로 바라보았고, 존중하고 있었다. 게다가 사탕을 선물하다니, 내겐 큰 감동이었다.

외눈박이 물고기처럼 그렇게 살고 싶다.
혼자 있으면
그 혼자 있음이 금방 들켜 버리는
외눈박이 물고기 비목처럼
목숨을 다해 사랑하고 싶다.

류시화의 시집 〈외눈박이 물고기의 사랑〉에서 공감과 위로를 얻기도 한다. 그동안 낯선 고객 앞에서 외눈박이 모습으로 비틀거렸다면, 이제 외눈박이 물고기 비목처럼 살아가야 한다. 전설에 나오는 비목어는 눈이 하나밖에 없다. 그래서 두 마리가 좌우로 달라붙어야만 헤엄칠 수 있다고 한다. 더 이상 비틀거리지 않기 위해, 또는 불안함 때문에 고객을 두려워하기보다 사랑의 눈빛으로 바라보기로 한다. 나 역시 불완전한 존재이기 때문이다.

플라톤의 『향연』에 등장하는 우화를 보면 최초의 인간은 하나로 붙어 있었다고 한다. 자석처럼. 그들은 놀라운 힘을 가졌는데, 신은 그들의 힘이 두려워서 두 동강을 내 버렸다. 그래서 반쪽은 각각 다른 반쪽을 그리워하며 다시 한 몸이 되려고 한다. 인간이 서로 사랑한다는 것은 먼 옛날부터 하나로 연결되어 있다는 이야기이다. 그래서 다시 하나의 모습으로 회복하기 위해 사랑해야 한다는 것이다. 고객 앞에서 외톨이라는 생각을 멈추고, 상대방의 두 눈을 바라보며 마음속으로 말한다.

'지금 나는 당신을 사랑합니다.'

아이에게
배우다

오후의 햇살이 강했다. 어제 만난 불만 고객의 얼굴이 떠올랐고, 나도 모르게 위축된 마음으로 인상을 찌푸리고 있었는지, 건널목에서 큰아이가 물었다.

"아빠, 무슨 생각해? 빨간불! 멈춰야지."

"아, 햇볕이 뜨거워서 그랬어."

그날은 친구 결혼식이 있었다. 나는 여섯 살 난 큰아이와 함께 식장으로 가고 있었다. 건널목 건너편에는 작은 소쿠리를 놓고 앉아 있는 노인이 보였다. 작은 소쿠리는 동냥 그릇이었다. 깊이 눌러쓴 모자 아래 백발의 머리카락이 지저분하게 삐져나와 있었고, 작은 움직임 하나하나가 불편해 보였다.

노인은 행인이 지나갈 때마다 소쿠리를 흔들었다. 행인의 대부분은 그의 구걸을 외면한 채 지나갔다. 아무도 눈길을 주려고 하지 않았다. 동냥하는 노인을 처음 본 아이는 내 손을 흔들면서 물었다.

"아빠, 할아버지가 소쿠리를 들고 뭐하시는 거야?"

어떻게 설명해야 할지 잠시 망설이다가 대답했다.

"돈 벌기 힘들어서, 그래서 지나가는 사람들에게 돈을 달라는 거야."

"사람들은 왜 그냥 지나가. 도와주면 되잖아."

"돈을 주면 스스로 살아가려고 하지 않아. 누군가에게 의지하고 구걸하게 되지."

"그래도 불쌍하잖아."

신호등이 빨간색에서 초록색으로 바뀌었다. 아이 손을 잡고 걸었다. 노인에게 눈길조차 주지 않으려 했지만 아이는 노인이 있는 쪽으로 자꾸 내 손을 끌어당겼다. 아이와 실랑이를 벌이면서 건널목을 다 건널 때쯤, 아이는 내 손을 놓더니 노인에게 달려가고 있었다.

"어디 가니?"라고 소리쳤지만, 그대로 내달렸다. 동냥 소쿠
리에 동전을 넣으려나 보다 생각했는데, 아이는 노인의 소쿠리
를 덥석 집어 들고 내게 돌아오는 것이 아닌가. 지나던 행인들이
그 광경을 지켜보고 있었고, 나는 창피해서 얼굴이 화끈거렸다.

"아빠, 할아버지가 불쌍하잖아!"

아이는 당당하게 큰소리로 말했다. 무의식적으로 축의금
을 준비하느라고 은행에서 찾은 지폐 하나를 지갑에서 꺼냈다.
혹시 천 원짜리가 있을까 하고 주머니를 뒤졌지만 보이지 않았
다. 마지 못해 만 원을 아이가 들고 온 소쿠리에 넣어야 했다.

어느새 아이는 노인에게 다시 달려가고 있었다. "고맙습니
다"라고 소리치는 아이의 표정은 해맑았다. 그런데 그만 아이
가 돌부리에 걸려 넘어지고 말았다. 동냥 소쿠리에 있던 동전
들이 바닥에 쏟아졌고, 여기저기 동전 굴러가는 소리가 내 머
리를 온통 어지럽혔다.

나는 울고 있는 아이를 일으켜 세웠다. 그리고 바닥에 흩
어진 동전을 주으며 혼잣말로 '못난 놈, 못난 놈' 하고 중얼거렸
다. 아이에 대한 원망이었지만, 조금씩 나에 대한 원망으로 바
뀌었다.

왜 진작 아이의 마음을 몰라주었을까? 왜 내 생각만 했을까? 조금만 더 아이의 마음을 공감했더라면 좋았을 텐데. 행인들의 시선이 쏠린 가운데 땅에 떨어진 동전을 줍게 되다니. 나는 동냥 소쿠리를 공손하게 노인에게 돌려주었다. 아이의 행동에 몹시 놀란 노인의 얼굴에는 흐뭇한 미소가 번지고 있었다.

만약 아이의 마음을 공감했다면, 이런 일이 생겼을까? 지난번 고객 방문을 떠올렸다. 고객을 만나면서 계속해서 고객을 향한 마음을 저울질했다. 유리할지 불리할지, 이득이 있을지 없을지 계산하던 나를 떠올렸다. 그런 나를 보았을 고객은 어떤 생각을 했을까?

아이는 울고 있었다. 아이를 안고 눈물을 닦아 주었다. 아이의 따뜻한 체온과 두근거리는 심장이 느껴졌다. 조금씩 울음소리가 잦아들자, 아이의 심장박동이 조용해지고 있었다. 이상하게 안아 주고 있었는데 아이의 품에 안긴 것만 같았다. 아이는 나를 포옹하는 손길에서 '아빠, 괜찮아'라고 전하고 있었다.

아빠, 누군가 힘들어하는 모습을 보면

마음을 저울질하지 마!

누군가 아빠와 이야기하고 싶다고 말하면

꼭 시간을 내어 줘.

그렇게 아빠 마음을 열면

세상이 더 밝게 보이고 자유로워질 거야.

누군가와 마주하고 있다면

온전히 그 사람이 되어 보면 어떨까?

진심으로 그 사람을 이해할 수 있도록

아빠 마음을 내려놓는다면 가능할지도 몰라.

아빠가 상대의 마음을 이해하려고 노력하면

상대도 아빠 마음을 이해하려고 할 거야.

사람을 향한 마음은 복잡하지 말고 단순해야 해.

마음이
성장하는 시간

연애 시절, 아내의 집에 처음 갔을 때 가슴이 설레고 두근
거렸던 기억만큼 책장에 있는 수많은 책을 보고 놀란 기억이

떠오른다. 신혼집으로 짐을 옮길 때 아내는 책 대부분을 가져가길 원했다. '집도 작은데, 이렇게 많은 책을 가져가면 짐이 될 텐데.' 나는 속엣말을 할 뿐 말없이 종이 상자에 책을 담았다.

신혼집에 도착한 책 상자는 오랫동안 창고에서 먼지만 쌓여 갔다. 그 후로도 두 번의 이사가 있었지만, 상자째 옮겨질 뿐 단 한 번도 열어 보지 않았다. 거의 8년 동안 박스 테이프로 단단하게 밀봉된 채 그대로 있었다. 나는 회사 일하느라 아내는 아이 키우느라 책 읽을 여유가 없었다. 그렇게 책 상자는 우리에게 무거운 짐 같은 존재였다.

회사를 옮기고 낯선 사람들을 만나 힘들어할 때였다. 새로운 업무를 어떻게 다시 시작해야 할지, 낯선 사람들과 어떻게 관계를 맺어야 할지 막연한 상태였다. 그러던 어느 날, 베란다에서 멍하니 하늘을 쳐다보고 있을 때, 눈앞에 아내의 책 상자가 보였다. 분명 보이지 않았던 존재가 어느 순간 시야에 들어왔다.

책 상자가 내 마음을 알아차렸을까? 이제 그만 열어 달라고 상자 뚜껑을 두드리는 것 같았다. 오래된 테이프를 뜯을 때마다 뿌연 먼지가 피어올랐다. 시집과 소설, 그리고 고전 문학 등 분야별로 책이 잔뜩 들어 있었다. 책들이 내 손을 끌어당겼고,

느낌이 좋은 제목부터 꺼내 찌든 때를 닦아 냈다.

아내가 읽으면서 책갈피로 사용한 나뭇잎과 종잇조각들이 다정하게 다가왔다. 코로 가져가 냄새를 맡았고, 산속의 흙냄새처럼 구수하게 전해졌다. 어떤 책에는 꽃이 눌려져 '누름꽃'이 되어 있기도 하고, 그 꽃잎을 떼어 내자 자국이 선명했다. 마법에 걸린 것처럼 그 자국에 책 읽는 아내의 얼굴이 겹쳐졌다.

아내가 물결치며 그은 밑줄이 보였다. 정겨웠다. 분명 아내의 마음을 움직인 행복의 물결이었으리라. 그 물결 위의 글이 내 마음을 움직였고, 오래전의 아내와 연결되는 것 같았다. 책 읽기가 서툰 나는 아내의 밑줄을 따라 읽어 내려갔다. 그 밑줄은 마치 실타래 같았다. 미궁에 빠져 탈출하기 위해 붙잡고 있던 소중한 실타래. 한 줄 한 줄 마법의 주문을 읽으며 나의 고민을 하나씩 풀어 갔다.

아내의 흔적이 있는 곳에 머물면서 여러 가지 질문이 떠올랐다. 이 부분에서 아내는 어떤 생각을 했을까? 아내는 어떤 깨달음을 얻었을까? 그 행간에서 머무는 시간이 즐거웠다. 불과 얼마 전까지 종이 뭉치로 보였던 책에서 깨달음이라는 보석을 발견했다.

아내가 먼저 책 상자를 열어 책을 읽으라고 했다면 과연 읽었을까? 스스로 책 상자를 열도록 기다려 준 아내가 고마웠다. 아내의 마음을 움직인 밑줄은 작가의 생각과도 연결해 주었다.

아내의 밑줄 중에 가장 기억에 남은 것은 라이너 마리아 릴케가 쓴 『젊은 시인에게 보내는 편지』의 한 구절이었다. "우리가 운명이라고 부르는 것은 외부로부터 우리의 안으로 전해지는 것이 아니라 우리 자신으로부터 생겨나는 것이라는 사실을 서서히 인식하게 될 것이다." 아내가 미래의 나에게 쓴 편지처럼 느껴졌다.

지금 나의 고민도 마찬가지였다. 모든 고민과 불만은 나 자신으로부터 생겨난다는 사실을 알았다. 이렇게 오래된 책 상자에는 소중한 책들이 가득했고, 그 속의 문장은 길을 잃어버린 나에게 환한 등불이 되어 주었다. 책을 읽고 있는 나를 흐뭇한 표정으로 바라보는 아내가 떠올랐다. 모두 아내가 내게 말하는 것 같았다.

여보, 사람과의 인연은 수많은 덕이 쌓여야
한 번의 만남으로 이어진다고 해요.
우리의 만남도 그랬듯이
책과의 만남도 마찬가지인 것 같아요.

깨달음을 찾으려는 당신의 간절함이

책과의 인연으로 이어질 수 있었어요.

모든 공감은 아름답지만 그중에서도 책과의 공감은

더 특별하고 아름다운 인연으로 이어지는 것 같아요.

책을 읽으면서

우리가 다르고 부족하다는 사실을 받아들이는 순간,

세상과 하나로 연결될 수 있어요.

그 순간이 바로 우리 마음이 성장하는 눈부신 시간이에요.

당신의 마음은 그 순간을 알고 있어요.

그 순간을 놓치지 마세요.

나를 표현하는
용기

낯선 사람을 만나 어떻게 해야 할지 생각나지 않을 때, 한 소녀를 떠올린다. 2차 세계대전 때 수많은 생명을 앗아 간 아우슈비츠 수용소를 다룬 다큐멘터리에서 본, 마지막 죽어 가는 순간에 손톱으로 나비를 그린 소녀였다.

손톱이 아프지 않았을까? 얼마나 간절했을까? 얼마나 밖으로 나가 세상을 보고 싶었을까? 소녀는 나비가 되어 푸른 하늘을 날고 싶었으리라. 생의 간절함으로 단단한 벽에 손톱을 부러뜨리며 희망을 새겼다. 가스실 벽면에 새겨진 소녀의 마음을 잊을 수 없었다.

그 소녀를 떠올리며, 나 역시 어떤 감정도 표현할 수 있다고 주문을 걸었다. 세상에 어떤 누구를 만나더라도 나를 표현할 수 있고, 어떤 힘든 순간에도 마음을 움직일 수 있다고 상상했다. 이것이 용기 있게 낯선 사람에게 다가가서 나를 표현하는 방법이었다

직장 생활에서 나를 표현해야 하는 순간이 종종 있다. 그 중에서 고객을 만나 절실함을 표현해야 할 때 나는 나에게 말한다. '지금 숨 쉬고 말하는 이 순간은 소녀가 그토록 살고 싶어 했던 세상이야.' 그리고 나면 희망을 그리며 수용소에서 소녀가 그리워했을 세상에서 이 순간을 소중히 여기며 즐기고 싶어진다. 마주하는 사람이 더 이상 낯설지 않고 친근하게 다가온다.

그다음에 영화 〈인생은 아름다워〉에 등장하는 배우 로베르토 베니니를 생각한다. 그는 누구에게나 환한 웃음을 보여 준다. 아무리 힘든 상황이라도 웃음을 잃지 않는다. 죽음의 그림자가 드리운 수용소에서 아내와 아들을 구하고, 죽어 가는 그 순간에도 환한 웃음을 지으며 희망을 선물한다. 수용소에서 지친 육체는 모든 것을 포기하고 싶지만, 삶에 대한 긍정과 가족을 사랑하는 마음으로 버틸 수 있었다. 환한 웃음 하나로 수용소 사람 모두의 마음을 자유롭게 해 주었다.

그의 환한 웃음을 나도 가지고 싶었다. 누군가를 만나기 전에 거울 앞에서 환한 웃음을 짓곤 했다. 머리와 옷차림보다 나를 표현할 수 있는 웃음은 누구에게나 자연스럽게 다가가게 했다. 환한 웃음은 상대방의 마음을 여는 마법 같은 힘이 있었다. 데일 카네기는 『카네기 인간관계론』에서 미소는 "나는 당신을 좋아합니다. 당신은 나를 행복하게 만들어 줍니다"라고 말하는 것과 같다고 했다.

고객을 만나러 출발할 때부터 웃으려고 한다. 마음에서 우러난 나의 향기가 전해지는 걸까? 미소를 지으며 걸어오는 나를 보면서 불편한 마음이 사라졌다는 고객도 있었다. 하지만 그런 경우는 드문 사례였고, 대부분 힘든 상황에서 나를 표현해야 했지만 말이다.

하루는 심각한 문제 제기를 한 불만 고객을 방문했을 때였다. 여러 아주머니들이 모여 불만을 한가득 쏟아 내자, 밝게 대하려던 마음이 어느새 방구석으로 밀려나 버렸다. 이 상황에서는 어떤 이야기를 꺼내도 받아들여지지 않을 것 같았다. 내 안의 소녀를 깨워 그 슬픔에 대입해 보지만 그뿐이었다.

이럴 때는 그저 침묵할 수밖에 없었다. 이마의 미간을 검지와 엄지손가락으로 누르고 가만히 시간을 보냈다. 침묵이 이어지자 아주머니들의 소란스러움이 잦아들고 있었다. 침묵도 마음을 움직일 수 있다는 것을 이때 알았다.

나의 무력함에서 비롯된 침묵이, 멈춤의 시간이 방 안 분위기를 바꾸어 놓았다. 아주머니들의 표정도 바뀌어 있었다. 침묵은 이렇게 내 안의 나를 바로 세우고 응축하기도 했다. 그날 이후 나는 좀 더 차분하게 좀 더 적극적으로 나를 표현할 수 있었다.

퓰리처상을 세 차례 수상한 소설가 손턴 와일더는 "일어났으면 하는 일을 마음속에 새긴다. 호흡한다. 그리고 즐긴다. 내가 가진 보물을 가슴에 깨닫는 순간, 비로소 나는 살아 있다고

말할 수 있다"라고 하면서 자신의 상태를 표현하는 것을 즐겨
야 한다고 했다.

삶을 풍요롭게 하는
방법

멀리 출장을 갈 때면 기차를 주로 이용한다. 책을 읽거나
글을 쓰는 데 편하기 때문이다. 그날도 고객을 만나기 위해 목
포행 KTX에 올라타고, 책을 꺼내 좌석 앞의 작은 선반에 올려
놓았다. 하지만 글이 눈에 들어오지 않았다. 하는 수 없이 차창
밖을 내다보았다.

바깥 풍경이 빠르게 지나갔다. 그때 차창에 거울처럼 투명
하게 비친 내 얼굴이 보였다. 그런 내 모습은 아주 낯설었다.
잠시 내 몸을 빌린 누군가의 모습처럼 다가왔던 것이다. 벌써
오래전의 일이었다. 서른 살이 지나도 삶의 궤리감에서 벗어나
지 못하고 살아가던 나였다. 마흔 살이 지날 무렵에야 내면의
나와 친해질 수 있었다.

차창에 비친 내 얼굴은 낯선 것에 적응하느라 애쓴 흔적이

곳곳에 남아 있었다. 눈가의 주름살이 정겹기도 했다. 그동안 웃고 울던 추억이 겹쳐 지나갔다. 그렇게 KTX 차창에 비친 나를 바라보다가 기분 좋게 잠이 들었다.

문득 눈을 뜨니 대전 역에 정차 중이었다. 방금 승차한 건너편 옆자리의 노부부가 짐을 풀고 있었다. 머리가 희끗희끗한 부인은 가방에서 책과 노트를 꺼냈다. 그리고 무언가를 찾기 위해 가방을 한참 뒤적거리더니, 지나가는 승무원을 불렀다.

"혹시 연필 있나요?"

승무원은 "볼펜은 있는데, 연필은 없습니다. 죄송합니다"라고 대답했다. 나는 책 속에 끼워 놓은 연필을 꺼내 흔들어 보였다. 노부인에게 연필을 건네주자, 뜻밖의 선물을 받은 것처럼 기뻐했다. 옆에 있던 남편도 고맙다며 환한 미소를 지었다.

나는 읽던 책을 덮어 두고, 글 쓰는 노부인을 지켜보았다. 창밖을 바라보며 생각에 잠겼다가 노트에 글을 쓰는 노부인의 모습은 가을 풍경과 공감하는 듯했다. 소설의 한 장면 같았다.

어떤 풍경을 보고 영감을 떠올린 것일까? 쓰다가 지우고 다시 쓰는 노부인을 보면서 분명 시(詩)를 쓰고 있다고 생각했다. 옆에 있던 남편은 옆에서 커피와 음식을 챙겨 주었다. 오랫동안 익숙해진 배려였다.

노부부를 바라보면서 미래를 상상했다. 광주역에 도착한다는 안내 방송이 나오고, 노부인은 옷과 짐을 정리하고 나서 연필을 건네며 "고맙습니다. 인상이 참 좋으시네요"라고 내게 인사말을 건넸다. "혹시 작가세요?"라고 묻고 싶었지만 웃음으로 대신했다. 기분이 좋았다.

목포역까지 남은 시간 동안 시집을 보기로 했다. 시인 김기택의 시집이었는데 〈틈〉이라는 시가 눈에 들어왔다. 시를 읽으면서 오늘 저녁에 만나는 고객의 마음에 작게나마 틈이 생기길 바랐다. 고객의 마음을 열 수 있는 작은 틈은 무엇일까?

목포역에서 고객의 집까지는 30분 남짓 거리였다. 벨을 누르기 전에 잠시 심호흡을 했다. 기지개를 켜고 얼굴과 입을 최대한 움직여 긴장을 풀었다. 문이 열리고, 머리가 짧고 몸집이 큰 남자가 보였다. 그의 어깨와 팔 근육은 나를 압도할 정도였다. 순간 움츠러들 수밖에 없었다. 문제의 제품이 올려져 있는 거실 탁자를 가운데 두고 마주 앉았다.

"저희가 제품을 먹고 문제가 있으면, 만든 분들도 먹어야 하는 거 아닌가요?"

"네, 맞습니다."

바로 제품을 먹지 않으면 대화가 안 되는 상황이었다. 조금의 틈도 보이지 않았다. 제품을 입으로 가져갔다. 마음의 준비는 했지만 쉽지 않았다. 그때 제품 너머 작은 틈이 보였다. 방문고리를 잡고 빼꼼 얼굴을 내민 어린 딸과 눈이 마주쳤다. 남자는 아내에게 아이 방문을 닫으라는 손짓을 하고는 헛기침을 하더니 말했다.

"그만, 자세가 됐네요. 이전에 방문한 사람과는 다르군요."

"아, 아닙니다. 고객님 마음을 불편하게 해서 죄송합니다. 저도 아이 아빠인데, 이해합니다. 딸아이가 이쁘네요."

나는 가방에 있던 작은 인형 열쇠고리를 꺼냈다. 불빛이 나오는 인형이었다. 용산역에서 아이에게 주려고 사 두었던 선물이었다. 방 문고리를 잡고 있던 아이를 향해 인형을 흔들었다.

"아저씨가 선물하고 싶은데, 이리 오세요."

아이는 쪼르르 다가왔고, 인형을 받아 들고는 신이 나서 아빠 무릎에 앉았다. 고객의 표정은 한결 부드러워졌다.

"저는 딸아이가 없어서 딸 가진 부모가 부럽습니다. 아내는 두 아들 때문에 목소리가 갈수록 커져요. 감당하기 힘들 정도지요."

그때였다. 고객이 아내에게 말했다.

"여보, 과일 좀 가져와요."

그의 아내는 조금 전과는 다른 남편의 목소리에 흠칫 놀라는 표정이었다.

"아이 키우기 힘드시죠?"

"딸아이 하나라 괜찮습니다. 아들 둘이면 만만치 않으시겠어요?"

고객과 그의 아내는 과일을 앞에 두고 아이 이야기, 직업 이야기, 목포 세발낙지는 어디가 맛있는지 같은 사소하고 소박한 이야기를 이어 갔다. 오랜만에 만난 친구들 같았다. 그런 이야기 속에 제품에 대한 불만은 끼어들 틈이 없었다.

한동안 이야기를 이어 가다가 문득 기차 시간을 챙기려고 시계를 보았다.

"이렇게 먼 곳까지 오게 해서 죄송합니다."

"클레임에 대해 나누어야 하는데, 가족처럼 대해 주셔서 감사합니다."

몇 차례 고맙다는 인사와 함께 명함을 건넸다. 고객은 명함을 만지작거리면서 말했다.

"목포에 오면 꼭 연락하세요."

"아, 네. 말씀이라도 감사합니다."

"아니에요. 우리 목포 사람은 실없이 말하지 않아요. 꼭 연락 주세요."

"네, 그리고 고객님, 제품 불만에 대해서는 어떻게…."

"하하, 다 잊어버렸습니다."

고객은 아파트 정문까지 배웅했다. 홀가분한 마음이었다. 막차 시간에 맞춰 KTX에 올라탈 수 있었고, 기차 안은 평온했다. 그날의 하루 일정을 무사히 마무리하는 시간이었다. 내 번호 좌석에서 한숨을 돌리고 있을 때, 조금 전 바로 그 불만 고객에게 전화가 왔다. 불안한 마음으로 통화 버튼을 눌렀다.

"고객님, 무슨 일이라도?"

"말 놓으세요. 저보다 나이도 많은데, 제가 형님이라도 불러도 되죠?"

"아, 아닙니다."

"우리 아이가 뜻밖의 선물을 받아서 너무 좋아해서요, 고맙다는 말씀을 잊은 것 같아서 전화했습니다. 다음에 목포에 오시면 꼭 연락하세요."

나는 꼭 연락하겠다고 약속하고 전화를 끊었다. 고객의 마음을 움직인 것은 무엇일까? 어둠이 짙은 차창에 내가 비쳐 보였다. 우연히 준비한 작은 인형 열쇠고리 하나, 우리에게는 장대한 인생 설계나 미래 비전보다 작은 틈을 바라보는 마음이

환한 웃음은 상대방의 마음을 여는
마법 같은 힘이 있었다.

중요한지도 모르겠다. 열쇠고리 인형 하나가 마음을 나누게 한 것은 아니었을까?

인간의 자유로운 인생을 깊이 고민했던 알베르 카뮈! 그는 "우리 생애의 저녁에 이르면, 얼마나 타인을 사랑했는가를 놓고 심판을 받게 될 것이다"라고 했다. 내 영혼이 나를 떠나기 전까지 더 많이 사랑하고 싶다. 그런 나를 존중하고 싶다. 사람들과 나눌수록 풍요로워지고 행복해지는 삶을 기대한다.

어둠이 짙은 세상은 KTX 속도만큼 빠르게 흘러가고 있었다. 나는 잠시나마 차창에 비친 나를 바라보며 묻는다. 오늘도 타인을 사랑했는가? 서로 함께하는 삶을 살아가고 있는가?

마음의 눈을
가진 사람

2년 동안 수많은 불만 고객을 만났다. 이제는 익숙해질 만도 하지만 그렇지 않았다. 매번 고객을 만나기 전까지는 긴장의 연속이었다. 다양한 고객 중에 비슷한 유형이 있을 거라는 예측은 항상 빗나갔다.

인간을 구분 짓기 위해 여러 가지 성격 유형 테스트를 하지만 각기 다른 환경에서 자라고 영향을 받기 때문에 비슷할 수가 없다. 고객을 만나면서 알게 된 것은 모든 인간의 생각과 감정은 다르다는 사실이었다. 그 다름을 존중하지 않으면 경청이나 대화가 어려웠다.

늘 그렇듯이 고객을 방문하러 가기 전에는 불안한 생각들로 신경이 예민해진다. 낯선 누군가를 만나는 것, 그 자체가 스트레스다. 하지만 얼굴을 보고 나누면 조금씩 긴장이 풀리곤 한다. 먼저 제품 불만으로 대화하지만, 시간이 지나면서 서로의 연결 고리가 하나둘씩 이어지고 공감대가 만들어지기 때문이다. 내 기억 속에 이와 관련해 아주 특별한 고객이 있다.

그날 아파트 초인종을 눌렀을 때 여자 목소리가 들렸다. 문이 열렸고, 나는 환하게 웃으면서 인사를 했다. 하지만 그녀의 시선은 다른 곳을 바라보고 있었다. 처음에는 나를 피하는 줄 생각했지만, 계속해서 눈의 초점이 다른 곳에 있었다. 그녀는 앞을 볼 수 없는 장애인이었다.

대부분 불만 이야기가 중심인 일반 고객과는 대화 방식이 달랐다. 그녀는 불만보다 나 같은 업무의 종사자들이 어떻게 고객에게 문제를 설명하는지, 어떤 고객이 가장 어려운 불만 고객인지, 그들을 어떻게 대응하는지에 대한 관심이 컸다. 내가 대답할 때마다 고개를 끄떡이고는 다음 질문을 떠올렸다. 마치 나를 인터뷰하려는 작가 같았다.

그동안 두 눈을 통해 고객의 반응을 보며 불안해했던 적이 많았다. 아름다운 자연과 사람의 모습을 보는 것은 분명 축복이지만, 어떤 경우에는 차라리 불만으로 예민한 고객의 모습을 보지 않았다면 크게 불안해하지 않았을 것이다.

그녀는 인간이 느낄 수 있는 모든 감각을 열고 내 이야기를 들었다. 나도 그녀처럼 눈을 감고 들으면 어떨까 하는 생각에 눈을 감고 듣고 대답했다. 내 안에 닫혀 있던 감각이 하나씩 열리면서 그녀의 질문을 더 깊이 이해하고 대답할 수 있었다.

그녀의 존재가 내 안에 들어오는 느낌이었다. 지금, 이 순간 그녀는 나를 위해서 존재하고 나 또한 그녀를 위해 존재했다. 정현종 시인의 〈방문객〉이라는 시가 떠올랐다.

사람이 온다는 건
실은 어마어마한 일이다.
그는
그의 과거와

현재와

그리고

그의 미래가 함께 오기 때문이다.

　마주하고 있는 낯선 사람의 존재가 얼마나 감사하고 기쁜 일인지 느껴졌다. 그동안 고객의 예민한 반응 때문에 힘들어하던 내 안의 내가 고객에게서 위로받는 기분이었다. 나 또한 가족에게 힘들다는 핑계로 날카롭게 반응하기도 해서 부끄럽게 느껴졌다. 고객 집에 방문했지만, 지금 이 순간은 고객이 내 마음의 문을 열고 들어온 방문객이었다. 서로 부서지기 쉬운, 부서지기도 했을 마음을 감싸 안아야 했다.

　그녀가 기원전 음유시인 '호메로스' 같았다. 그의 조각상을 보면 맹인이고, 그를 연구하는 사람들 사이에 여성이라는 이야기도 있었다. 고대인은 눈이 멀면 기억력과 감각이 비상해진다고 믿었다.

　그래서일까? 그의 작품 『일리아스』와 『오디세이아』는 서양 문학에서 최고의 걸작으로 꼽힌다. 그는 보이지 않는 존재들을 내면으로 들어오게 하고 그들과 자유롭게 이야기하는 능력을 가졌을 것이다. 그들은 호메로스의 빛이 되어 어둠과 밝음을 보게 하고, 온갖 희로애락을 놓치지 않도록 도와주었다.

잠시였지만, 나는 그녀의 보이지 않는 존재가 되어 대화를 나누었다. 그리고 빛이 되어 그녀의 이야기가 세상 밖으로 나오게 도우려고 했다. 대화가 끝나갈 무렵, 그녀가 나의 불안감을 느꼈을까?

"제품에 대한 나쁜 기억을 잊게 도와주셨습니다. 감사해요."

그녀가 마지막으로 꺼낸 말은 내 불안을 잊게 해 주었다. 그녀를 뒤로 하고 주차장으로 가면서 아파트 공원을 산책했다. 발걸음이 가벼웠다. 잠시 벤치에 앉아 눈을 감았다. 그녀가 선물한 불빛, 보이지 않던 불빛이 마음속에서 반짝이고 있었다.

자신을 존중하며 사는 것

고객과의 만남이 잘 끝났다는 생각이 들더라도 안심할 수는 없었다. 며칠 뒤에 나의 태도가 마음에 들지 않았다고 연락이 오는 경우도 있었다. 그런 경험을 하고 나면 내 생각과 행동이 위축되었다. 나의 어떤 태도가 고객의 마음에 들지 않았는지 계속해서 문제점을 찾게 되고 다음번 고객과의 만남이 불안할 수밖에 없었다.

처음에는 잠을 이루지 못할 정도로 힘들었다. 동료와 선배들이 "모든 고객을 다 만족시킬 수 없어"라고 위로해 주었지만, 불안한 마음은 이어졌다. 다행히 도서관에서 발견한 안톤 체호프의 단편 소설을 읽고 내 생각을 바꿀 수 있었다.

안톤 체호프는 러시아의 소설가이자 의사이다. 죽음을 소재로 한 소설을 여러 편 남겼다. 비이성적인 인간의 심리를 있을 법한 이야기를 통해 그렸고, 잔혹하고 공격적인 인간의 가면을 한 겹씩 벗겨 냈다. 그들 역시 보잘것없는 한 인간이라는 사실을 말하고 있었다.

소설 〈어느 관리인의 죽음〉에서는 직장 생활에서 일어난 이야기를 다룬다. 이 소설을 읽으면서 주인공이 나일 수 있다고 생각했고, 그렇게 되지 않으려면 어떻게 해야 할지 고민하게 해 주었다.

오페라를 감상하던 주인공이 재채기를 하면서 이야기가 시작된다. 앞에 앉은 사람이 상급 관리자인 장군이었고 실수로 침이 튄 것을 사과했지만, 주인공은 마음을 놓지 못하고 안절부절하게 된다. 그 이후에도 장관을 따라다니면서 실수를 만회하려고 했다.

사실 장관은 이 일에 대해서 그다지 신경 쓰지 않았고, 그의 계속되는 사과가 오히려 불편하기만 했다. 주인공 스스로 자신을 괴롭히는 상황이 반복되고 있었고, 장관을 만날수록 주인공은 자신의 심리에 말려들고 만다. 결국 장관에게 몇 차례 혼이 난 주인공은 집에 돌아와 소파에 누운 채 죽음을 맞이한다.

이 책을 읽으면서 주인공이 나처럼 느껴졌다. 소설을 읽다가 나도 모르게 '제발 멈춰!'라고 주인공에게 혼잣말로 말하기도 했다. 잠시 멈추고 시간을 가지면 어땠을까? 주인공은 불안한 생각을 떨쳐 내지 못하고 상사를 찾아다니며 자신을 괴롭혔다. 결국 자초한 상황에 말려들어 모멸감을 받고 나서야 멈추었다. 주인공은 이미 몸과 마음이 무너져버린 상태였다. 얼마나 고통스러워울까?

책을 덮고, 나를 되돌아보았다. 고객과의 만남이 있고 나면 돌아오는 길에 '고객이 나를 어떻게 생각했을까? 고객의 부정적인 피드백이 오면 직원들이 나를 어떻게 생각할까?' 그런 상상으로 나 자신을 괴롭히던 때가 있었다. 왜 남에게 비친 나의 모습을 상상했을까? 그런 자책을 하면서 얼마나 고통스러웠을까? 주인공과 다름이 없었다.

더 이상 나 자신을 괴롭히지 않기로 했다. 남에게 비친 모습을 보지 않고, 스스로 최선을 다했다면 그걸로 충분하다고 마음먹기로 했다. 무엇보다 자신을 존중하기로 했다. 스스로 내편이 되어 자신을 지키는 것이 얼마나 소중한지 알게 되었다.

고객을 만날 때뿐만 아니라, 회사 생활에서도 누군가로 인해 감정이 흔들리거나 안 좋은 상황으로 말려들지 않기 위해 스스로 존중하는 삶이 나를 지키는 삶이었다. 만약 좋지 않은 감정으로 불안하거나 화가 났을 때는 한 걸음 물러나 나의 시간을 가지기로 했다. 그리고 갑자기 떠오른 서운한 마음이나 실수를 만회하려는 생각이 들 때는 가만히 시간을 보내기로 했다.

소설의 주인공처럼 이런 행동이 영혼을 갉아먹는다고 잘 알고 있지만 좀처럼 멈추어지지 않는다. 이 또한 욕심에서 비롯된 것이다. 매일 똑같은 일상을 살면서 더 많은 것을 가지기를 원하고 그런 운명을 쫓으며 살아가고 있다. 그럴수록 우리에게는 천천히 멈춤의 시간을 가져야 한다는 생각이 필요하다.

우리 마음에는 어떤 감정이 생겼다가 다시 소멸하는 상황이 반복된다. 감정의 중심에 있지 않고 잠시 한 발 물러서서 지켜보거나 그 감정에 지나치게 의미를 두지 않으면 마음이 무너지는 일은 없을 것이다.

이런 마음가짐을 가지다 보면 타인의 말과 행동에 신경 쓰지 않고 흔들리지 않을 수 있다. 그래도 계속 부정적인 감정이 일어나면, 분위기 전환을 위해 잠시 밖으로 나가 환경을 바꾸면 어떨까? 음악을 들으면서 산책하거나 자연의 소리를 듣는 것도 좋다.

저와 함께 푸른 초원으로 가서 머리를 누이고
잔디가 자라는 소리를 들으며 찬란한 봄을 꿈꾸지 않으실래요?

〈초원의 빛〉 노랫말이다. 나는 감정을 멈추거나 속도를 늦추고 싶을 때 명상 음악을 듣거나, 핑크 마티니의 〈초원의 빛〉을 듣곤 한다.

좋은
사람

아내에게 전화가 왔다. 화가 나서 목소리가 떨렸지만, 차츰 진정되었다. 큰아이가 말없이 돈을 가져간 것도 문제인데, 거짓말까지 해서 화가 나 있었다. 나쁜 버릇이 들기 전에 단단히 혼을 내야겠다고 생각했다.

그런데 계속 어릴 적 내 모습이 겹쳐졌다. 비슷한 경험을 했던 나는 아빠로서 어떻게 해야 할지 혼란스러웠다. 지인에게 조언을 구했다. 지인은 처음 거짓말을 할 때, 단단히 바로잡아야 한다고 했다.

"앞으로 다시는 거짓말을 하지 않도록 회초리를 들어서라도 야단을 쳐야 해. 정신이 번쩍 들게 말이야."

어릴 적, 내가 처음 거짓말했을 때도 마찬가지 상황이 벌어졌다. 아버지가 소중히 아끼던 카메라를 부서뜨렸는데, 혼이 날까 봐 어디 있는지 모른다고 했다. 결국 옷장에서 발견된 부서진 카메라를 내 앞에 놓고 아버지에게 흠씬 회초리로 맞았다.

집에 가는 동안, 아이에게 어떤 행동을 해야 할지 고민했다. 집 문을 여는 순간까지도 어떻게 해야 할지 판단이 서지 않았다. 평상시 문이 열리면 아내의 환한 웃음과 아이의 목소리가 반겼는데, 조용하다 못해 싸늘한 분위기가 나를 맞이하고 있었다.

나도 모르게 분노가 꿈틀거리기 시작했다. 큰아이 방문을 열었다. 아이가 천천히 고개를 들었다. 얼굴에는 눈물 자국이

범벅이었다. 입가에는 울먹이는 소리가 흘러나왔다. 문득 회초리 앞에서 떨고 있던 어린 내 모습이 떠올랐다.

나는 말없이 아이를 일으켜 세우고 감싸 안았다. 두근거리는 아이의 심장이 느껴졌다. 이미 잘못을 반성하는 아이에게 할 수 있는 것이라고는 안아 주는 것 말고는 아무것도 없었다. 아내가 다가와 아이 손과 내 손을 잡았다. 그리고 아내는 아이의 눈물을 닦아 주었다. 나는 아내의 눈물을 닦아 주었다. 슬픈 눈물이 아니라 행복의 눈물이었다.

그로부터 1년이 지나 큰아이가 중학생이 되었다. 아내의 추천으로 '행복한 부모 자녀 학교'라는 교육 프로그램에 큰아이와 함께 참여했다. 중학생 큰아이는 가기 싫다고 망설였지만, 엄마의 눈치에 못 이겨 가게 되었다.

수업이 시작되자, 순서대로 자기소개가 이어졌다. 한창 사춘기인 큰아이는 쭈뼛거리며 일어섰으나, 시선은 아래로 향하고 있었다. 낯선 사람들과 눈을 마주치지 않은 채 귓불이 빨갛게 달아올랐다. 머리를 긁적거리며 이야기하는 모습이 어릴 적 나를 꼭 빼닮았다.

첫 번째 수업, 평상시 아이가 부모를 어떻게 생각하는지에 대해 평가하는 시간이었다. 지금까지 부모 입장에서 아이를 평가하고 가르쳤는데, 처지가 바뀌었다. 앉아 있는 엄마 아빠들의 표정이 편치 않았다. 나도 모르게 입이 바짝 마르고 손바닥에 땀이 났다. 반면에 아이들의 모습은 더없이 편안해 보였다.

나는 평상시보다 더 친절한 말투로 큰아이에게 평가 종이와 연필을 건네주었다. '아, 미리 수업 내용을 알았더라면, 차 안에서 잔소리하지 않았을 걸.' 갑자기 후회가 밀려왔다. 강사는 결과를 말하기에 앞서, 일반적으로 아이들의 평가 결과는 대부분 50점대라고 했다. 모두 마음을 비우라는 이야기였다. 점수는 대부분 강사가 말한 대로였다. 간혹 70점을 넘긴 부모도 있었고, 30점을 받은 부모는 아이를 바라보며 헛기침을 했다.

가나다 순서여서 내 이름이 마지막으로 불렸다. '아이'라는 선생님 앞에서 내 인생의 점수가 얼마인지, 대학 입시 시험 결과를 기다리는 학생이 된 것 같았다. 드디어 차례가 되었다.

"혹시 6자를 아드님이 잘못 쓴 것 아닌지 모르겠습니다. 95점입니다."

예상치 못한 점수여서 당황했다. 표정 관리를 해야 하는데 그저 아이의 옆 모습을 바라보며 미소를 지을 수밖에 없었다. 큰아이도 쑥스러운지, 옅은 미소가 흘렀다. 지금까지 학교나 회사에서 주는 평가 점수에 기대어 살아왔는데, 이렇게 내 인

생에 대한 평가를 아들에게 받을 줄 꿈에도 몰랐다. 강사가 큰
아이에게 물었다.

"지금까지 교육 프로그램을 운영하면서, 이렇게 높은 점수
가 나온 적이 없어요. 평소에 아빠는 어떤 사람이에요?"

"좋은 사람이에요!"

아이의 칭찬은 그 어떤 것보다 특별했다. 마음 한편엔 그렇
게 잘해 주지 못했는데 칭찬을 하는 아이에게 미안하고 고마웠
다. 어쩌면 아이가 나에게 이런 점수를 준 것은 그런 좋은 아빠
가 되길 바라기 때문은 아니었을까?

문득 높은 점수를 받아야 원하는 대학에 갈 수 있다고 말했
던 내 모습이 부끄러웠다. 좋은 아빠가 되기 위해 어떻게 해야
할지 돌아보는 시간이었고, 좋은 아빠가 되어 주길 바라는 아
들의 마음을 알게 되었다.

그날 이후 말 한마디 행동 하나 할 때마다 좋은 아빠의 모
습인지 되새기게 되었다. 언제까지 아이가 함께할 수는 없다는
생각이 들었고, 함께하는 동안 소중한 추억을 만들어 가고 싶
었다.

아이가 성인이 되면 좋은 친구가 아빠의 자리를 대신해 주
길 바란다. 친구 이야기를 귀 기울여 듣는다면 평생 좋은 친구

로 나아갈 수 있다고, 누군가의 이야기를 경청하는 것은 상대의 영혼이 내 안으로 들어오는 순간이며, 살아 있다는 기쁨을 느끼는 순간이라고 말하고 싶었다.

아무리 많은 부를 가진 사람이라도 마음이 맞는 좋은 친구가 없다면 결코 삶이 행복하지 못할 거라고 말한 알랭드 보통은 과연 진정한 친구란 무엇인가에 대해 그의 저서 『철학의 위안』에서 이렇게 말한다.

"진정한 친구들은 절대로 세속적인 잣대로 평가하지 않으며, 관심을 가지는 것은 내면의 자아이다. 부모처럼, 친구들의 사랑은 외모나 사회적인 지위에 전혀 영향을 받지 않을 수 있다. 그래서 친구 앞에서는 낡은 옷을 걸치거나, 올해는 돈을 거의 벌지 못했다는 사실을 밝히면서도 전혀 불안을 느끼지 않는다."

멈춤의
시공간

우리 일상의 많은 부분을 바꾸어 놓은 코로나 시국을 기억한다. 명절 연휴가 되면 내 고향 경상도와 아내 고향 전라도를 여행하던 일상도 멈추었다. 연휴 동안 무엇을 할지 고민하던 나는 책장 모서리에 먼지만 쌓여 가던 8밀리 비디오카메라 테이프를 디지털 파일로 전환하기로 했다.

불과 1년 전만 해도 부담이 큰 가격이었지만 이제는 저렴하게 전환할 수 있었다. 알아보니 파일 용량은 영화 20편 정도였다. 기억에만 있던 장면들을 TV 화면으로 볼 수 있게 되었다. 그 안에는 아내를 처음 만난 날부터 아이들이 태어나 엄마 품에 안긴 모습, 두 아이가 성장하는 모습들이 담겨 있었다.

영상 파일은 연휴 전날 도착했다. 서둘러 보고 싶은 마음에 컴퓨터 하드 디스크에 파일을 옮겨서 가족과 함께 보았다. 하지만 영상 속 주인공은 처음에 신기해했지만 조금씩 반응이 시들해졌다. 영상을 찍을 때만 해도 미래의 아이들이 자신의 모습을 보면서 좋아할 거라고 생각했는데 예상이 빗나갔다. 찍히지 않았던 나는 즐겁기만 했다.

두 아이가 거실에서 웃고 장난치는 장면에서 갑자기 영상이 멈추었다. 컴퓨터 작동에 오류가 난 것 같았다. 멈춘 화면 속 아내를 보는 순간, 눈시울이 뜨거워졌다. 야윈 아내가 눈에 들어왔기 때문이다. 저렇게 마르고 창백한 아내의 모습은 처음이었다. 그 당시 영상을 찍었을 때, 왜 몰랐을까?

20년이 지나서야 아내가 얼마나 고생하며 아이를 키웠는지 알게 되었다. 늘 변함없이 사랑을 주는 아내, 나는 아이들과 아내에게 얼마나 사랑을 주었는지 의문이 들었다. 영상이 재생되자 아이들 소리가 시끄러웠다. 조금 전까지 내 마음을 뭉클하게 했던 아내의 모습은 무대의 엑스트라가 되어 그다지 보이지 않았다.

카메라 초점은 여전히 아이들에게 집중되어 있었고 모니터에도 아이들의 모습이 화면을 채우고 있었다. 하지만 나의 눈은 아내의 움직임을 쫓아가고 있었다. 20년 가까이 잊고 있었던 존재를 다시 찾으려고 했다. 지금 나의 모습을 20년 전 그녀가 알기라도 했을까? 순간 영상 속 그녀는 카메라를 보고 환하게 미소 짓고 있었다.

영상을 잠시 멈추었다. 아내의 미소를 오랫동안 기억에 저장해 두고 싶었다. 영상의 주인공은 아이들이었지만 지금은 아내가 주인공으로 자리 잡는 순간이었다. 만약 이 영상을 보지 못했다면 가족을 위한 아내의 헌신을 모른 채 살아갔을 것이다. 더 나이가 들어서는 그러한 희생을 당연하게 생각하지 않았을까?

어쩌면 영상을 촬영한 것은 아이들을 위해서가 아니라 지금의 나를 위해서였다는 것을 알게 되었다. 이렇게 현재의 시간을 잠시 멈추니 과거의 시간이 내 안에 평안과 기쁨을 가져다주었다. 희미해지던 사랑의 기억을 떠올리면서 '감사'라는 아름다운 단어를 발견할 수 있었다.

다음 날 재생된 영상은 작은 아이와 둘이 서해안에 놀러 갔을 때였다. 늦은 저녁이어서 아무도 없는 조용한 바닷가였다. 모래사장에 작은 텐트를 쳤다. 둘만 있을 수 있는 작은 인디언 텐트였다. 텐트 안에서 손전등을 켜고 아이가 좋아하는 음악을 듣다가, 잠시 손전등을 끄고 음악 소리도 껐다.

익숙하던 불빛과 소리가 사라지자 아이가 무서웠는지 아빠 손을 꼭 잡았다. 텐트 바깥에서 자연의 소리가 들려왔다. 조금 전까지 하나의 파도 소리였는데 다양한 파도 소리가 들렸다. 바위에 부딪치는 파도 소리, 모래와 조개껍데기가 쓸려 가는 소리, 허공에 부딪히며 내는 아주 미세한 소리까지 들리고 있었다. 좀 전까지 단조롭던 파도 소리를 텐트 안에서 마음으로 들으니, 바다에 더 깊이 공감할 수 있었다. 마치 자연이 오케스트라 연주를 하는 것 같았다.

이제 텐트를 열고 깜깜한 바다를 바라보았다. 아무것도 보이지 않다가 서서히 세상에 적응하면서 하나씩 보이기 시작했다. 파도가 부딪히는 바위, 바닷가 모래 위로 흩어지는 파도, 달빛이 파도 위로 일렁이며 저 멀리 배들을 비추는 장면까지 잘 볼 수 있었다.

고개를 들어 하늘을 올려다보았다. 수많은 별이 우릴 향해 쏟아져 내릴 것 같은 장관이 펼쳐졌다. 아이와 나는 한동안 밤하늘의 별빛 잔치를 눈에 담았다. 카메라에는 별들의 모습이 선명하게 보이지 않았지만, 아이와 내 기억 속에 또렷이 저장되었다.

영상 속의 일상을 보고 있으니, 지나온 모든 것이 지금의 나를 완성하기 위한 공감의 연습이었다. 그 시간에 내 마음을 수없이 흔들어 깨웠다. 그러면서 성장해 왔다. 그 과정에서 실수하기도 했고, 그때 잠시 멈춤의 시공간이 생기기도 했다.

뜻밖의 인연과 행운이 찾아오는 열린 시공간은 내 마음이기도 하다. 낮은 자세로 얼마나 마음을 열어 두는가에 따라 사랑과 위로를 나눌 수 있었다. 그리하여 그 안에서 빛나는 보석을 발견할 수 있었다.

눈부신 삶을 살게 하는 일

타인을 만나기 전에 꼭 하는 습관이 있다. 긴장된 근육을 풀고 마음을 가라앉히기 위해서 심호흡을 크게 하고 나를 위해 기도한다. 그리고 눈을 감고 상상한다. 타인을 만나 마주 앉아 웃는 모습을 떠올린다. 그렇게 좋은 결말을 상상하고 타인을 만나려는 노력이었다. 공감력이 높아지는 경험을 하곤 했다.

그다음 문을 열고 미팅 장소에 들어서면, 타인과 나의 공통점을 찾기 위해 주변을 유심히 관찰한다. 벽에 있는 가족사진, 달력, TV, 책장, 화분들을 보면서 나와 연결할 수 있는 무언가를 찾아낸다.

만약 '가족사진에 아이들이 있다면, 달력이 종교 달력이라면, TV 화면에 내가 알고 있는 프로그램이 나온다면, 책장에 내가 읽었던 책이 있다면, 화분에 있는 게 내가 아는 꽃이라면'이라고 연결 고리를 찾는다. 공통점을 이야기에 넣으면, 타인이 나에게 가졌던 경계가 조금씩 사라졌다. 특히 공통점 중에 종교, 학교, 가족 구성원이 일치하면 공감은 급상승했다.

우리는 타인과 공통점을 확인할수록 선입견 없이 받아들이고 공감하는 경향이 있다. 반대로 차이가 많을수록 공감력이 떨어진다. 타인 또한 내게서 유사 공통점을 발견하면 예측 가능한 사람이라 믿고 스트레스를 덜 받는다.

이렇게 인간은 무의식적으로 익숙한 것은 안전하고 낯선 것은 조심스럽게 대하기 때문에 공감을 위해서는 연결 고리가 필요하다. 눈 맞춤, 앉는 위치 그리고 만나는 시간도 타인과 마음을 맞추는 데 고려할 것들이다.

눈 맞춤은 첫인상이다. 대화 중에 눈을 바라보아야 상대에게 좋은 인상으로 남을 수 있다. 눈을 아래로 내리면 심리적으로 '피하는 것'으로 인식할 수 있다. 낯선 타인의 두 눈을 바라보기 힘들면 한쪽 눈을 중심으로 바라보아도 괜찮다. 타인 또한 편안하게 받아들일 수 있다.

대립적으로 앉는 것보다 중립적으로 앉는 것이 편안하다.

대립적 위치는 서로 심장이 마주하기 때문이다. 만약 불만 고객이라면 서로 좌우로 빗겨 앉는 게 좋다. 중립적 위치는 타인이 탁자 쪽에 앉는다면 나는 좌우측에 앉으면 된다. 그러면 이야기할 때만 타인을 볼 수 있다. 이러한 중립적 위치는 고객과 협조 관계를 만드는 데 수월하다.

심각한 이야기를 나눌 때는 만나는 시간도 중요하다. 공복 상태에서 만나기보다 식사한 후에 포만감을 느끼면서 만나는 것이 좋다는 통계를 본 적이 있다. 타인이 의견을 받아들이고 이야기를 나누는 데 좀 더 너그럽다고 한다.

타인을 내 편으로 만들고 싶다면 마음을 맞춰 가는 노력이 필요하다. 처음 만나는 타인이나 공감대 형성이 잘 되지 않을수록 눈을 바라보며 귀를 기울여야 한다. 경청하면서 타인이 관심 있는 주제가 무엇인지 찾아야 한다. 만약 운동에 관심이 있다면, 내가 부족한 부분을 말하고 조언을 구하면 어떨까? 상대는 자신이 알고 있는 내용을 말하고 싶을 것이다. 교회를 다니는 사람이라면, 요즘 교회에 가기 힘든 상황을 이야기한다면 절실함을 가지고 좋은 방법을 알려 주려고 할 것이다.

이렇게 유사하고 공통적인 관심을 바탕으로 부족한 부분을 말하면 모든 인간이 가진 인류애를 자극해서 서로 마음을 맞춰

갈 수 있다. 조세프 캠벨은『신화와 인생』에서 인류애를 향한 공감을 말했다. "겉으로는 따로따로인 듯 보이는 사물도 근본 적으로 하나에 불과하다. 대립자의 세계 너머에는 보이지는 않 지만 경험되는 통일성과 동질성이 우리 모두에게 있다."

다국적 기업에서 외국인들에게 쉽게 다가가기 위해서도 마 찬가지다. 그들이 가진 문화의 특성과 강점을 안다면 나의 부 족한 부분을 이야기하면 어떨까? 실제로 인도 직원에게 허리가 아파서 요가로 치료하는 방법을 물어보자, 그는 아내가 요가 강사라면서 허리 치료에 도움이 되는 다양한 동영상 자료를 공 유해 주었다. 그 이후로도 명상과 건강에 도움이 되는 영상을 보내 주었다. 타인에게 나의 마음을 먼저 열고 다가간다면 흔 들리고 비틀거리는 곳에서도 보물을 발견할 수 있다.

타인과 마음을 맞춰 간다는 것은 삶과 일이 분리되지 않고 하나가 되어야 가능하다. 일하면서 삶을 즐길 수 있어야 한다. 내가 하는 일이 초라하고 힘들기만 하다는 생각을 바꿔 준 이 야기가 있다. 『시튼 동물기』로 유명한 어니스트 시튼의 인디언 노인에 관한 이야기다.

멕시코시티의 큰 시장 그늘진 구석에 포타 라모라는 나이 든 인디언이 앉아 있었다. 그의 앞에는 스무 줄의 양파가 매달려 있었다. 시카고에서 온 미국 상인이 양파 전부를 사고 싶다고 말하자, 인디언 노인은 이렇게 말한다.

"나는 당신에게 스무 줄 전부를 팔지 않을 것입니다. 나는 내 삶을 살려고 여기 있습니다. 나는 이 시장을 사랑합니다. 북적대는 사람을 좋아하고 햇빛을 사랑하고 바람에 흔들거리는 종려나무를 사랑합니다. 아이들과 곡식에 관해 이야기하는 것을 좋아하고 친구들을 만나면 즐겁습니다. 그 삶을 살기 위해서 여기 이렇게 온종일 앉아 양파를 파는 것입니다. 그러니 당신에게 이 양파를 몽땅 다 팔아 버린다면 내 하루도 그걸로 끝나 버리고 말 겁니다. 그렇게 되면 나는 사랑하는 것들을 다 잃게 되지요. 그러니 그럴 일은 안 할 겁입니다."

구본형 스승의 책 『마흔세 살에 다시 시작하다』를 읽다가 발견한 이 이야기는 지금 내가 하는 일이 얼마나 눈부신 삶을 살게 하는지 깨닫게 해 주었다.

스스로 빛나는

배를 띄우다

기대하는
마음

우리는 살면서 잠시 숨이 멎을 때가 있다. 좌절하는 순간이나 극심한 스트레스를 받거나 끔찍한 사고를 당한 순간에 그것을 경험한다. 그런 고통의 순간 다음에는 어김없이 숨 쉴 틈이 찾아온다. 숨 쉴 틈은 숨 쉬는 기쁨이다. 내가 살아 있음을 느끼는 순간이며, 내가 놓치고 살았던 소중하고 숭고한 그 무엇에 대한 깨달음이다.

경영진 교체로 회사에 대규모 인사이동이 있을 거라는 소문이 들렸다. 얼마 뒤에 생산 본부장이 예고 없이 공장을 방문한다는 소식이었다. 조용하던 공장이 갑자기 분주했다. 쌀쌀한 가을, 아침부터 관리 직원들은 앞마당에 떨어진 낙엽을 쓸고 있었다. 나뭇가지에 힘겹게 매달린 나뭇잎이 우수수 땅에 떨어지는 모습을 보면서 한숨을 쉬는 것 같았다.

쓰레기봉투에 담긴 나뭇잎을 보며 문득 생각에 잠겼다. 나는 지금 어디쯤 있을까? 아직 나뭇가지를 붙잡고 있는 걸까? 이미 땅에 떨어진 채 어딘가로 쓸려 가는 걸까? 나뭇잎 신세 같아서 앞일을 알 수 없었다. 언젠가 저 쓰레기봉투에 담긴 나뭇잎처럼 소각되어 연기처럼 사라지겠지. 잠시 우울한 생각에 빠져 있다가 현실로 돌아왔다. 본부장이 월요일 아침부터 방문하는 이유가 무엇인지 궁금했다. 좋은 소식일지 나쁜 소식일지 도무지 가늠할 수 없었다. 본부장은 도착 즉시 공장장실에 들어갔다.

잠시 뒤에 나를 호출하는 공장장. 공장장실 문을 열었을 때 두 사람의 목소리가 작아지더니 본부장이 헛기침했다. 긴장감보다 적막한 기운이 감돌았다. 내가 자리에 앉자마자 공장장은 자리를 떴다. 그리고 본부장이 입을 열었다.

"이제 회사에는 당신의 자리가 없습니다."

말로만 듣던 권고사직 통보였다. 무언가에 한 대 맞은 듯 멍한 상태로 있었다. 다시 정신을 차리고 '왜'라는 문장으로 이야기를 이어 나갔지만 돌아오는 것은 어쩔 수 없다는 짤막한 답변뿐이었다. 20년 동안 다닌 회사에서 미끼마으로 받은 통보였다.

고작 이런 거라니. 마음속에서 분노가 올라오면서 '내년에는 해외여행을 선물로 받을 수 있었는데'라는 미련이 남아 있던 나 자신이 싫었다. 이렇게 회사에 대한 실망감과 아쉬움에 대한 감정이 교차하면서 생각이 복잡해졌다. 공장장실을 나와서 멍한 상태로 공장 주변을 걸었다. 앞으로 어떻게 해야 할지 깜깜했다. 준비한 것도 없고 무엇부터 다시 시작해야 할지 몰랐다. 그저 누군가에게 이런 답답한 마음을 이야기하고 싶다는 생각뿐이었다.

하지만 오랫동안 함께 지낸 팀원들의 모습이 낯설게 느껴지는 지금, 처음 만난 사람처럼 무슨 이야기를 어떻게 꺼내야 할지 떠오르지 않았다. 잠시 건물 옥상에 올라가 하늘을 한참 동안 쳐다보았다. 그동안 회사를 위한다는 명목으로 직원들에게 하기 싫은 말을 하고 궂은일을 해야만 회사가 성장할 수 있다고 했던 내 모습이 부질없었다.

시간이 지나면서 처음에는 받아들이기 힘들던 상황을 조금씩 내려놓게 되었다. 현실과 타협하면서 앞으로 어떻게 극복해야 하는지에 초점이 맞춰져 갔다. 얼마 뒤 회사를 정리하면서 처음 들린 곳은 동네 도서관이었다. 나 같은 중년 남자들이 군데군데 앉아 있었다. 이전에는 보이지 않았던 모습들이 새롭게 보이기 시작했다.

창문 가까이에서 밖을 내다보았다. 세상 밖에 분주히 오가는 사람들이 보였고, 하늘에는 자유롭게 날아가는 새들이 보였다. 종이 한 장을 꺼내 한 글자씩 눌러 썼다. "넌 최선을 다했어. 그동안 고생했다." 그리고 다음 문장을 써 내려갔다. "하나의 문이 닫히면 또 다른 문이 열린다."

기대하는 마음이 실망으로 바뀌었을 때 얼마나 자신을 힘들게 하는지 알고 있다. 하지만 그 사실은 새로운 기대가 생기면 금세 잊어버린다. 기대는 완벽해지려는 인간의 욕심을 끝없이 자극해서, 얻어지면 더 커지게 하고 도달하면 더 멀어지게 했다. 나와 기대하는 대상 모두를 지치게 했다. 결국 기대하는 마음을 내려놓아야 그 늪에서 허우적거리지 않고 빠져나올 수 있다.

나를
움직이는 힘

회사에서 권고사직을 통보받던 날, 집으로 돌아가는 차 안에서 아내에게 어떻게 이 상황을 이야기해야 할지 막막했다. '당신의 자리는 더 이상 없어요'라는 말이 머릿속을 떠나지 않고 괴롭혔다.

지금까지 회사 문제를 풀어내며 대부분 시간을 보냈다. 이제 인생의 문제를 풀어야 할 시간이었다. 이런 상황일수록 단

순하게 생각하고 행동해야 한다고 하지만, 아내에게 어떤 방법으로 말해야 할지 떠오르지 않았다.

여느 때처럼 저녁을 먹고 나서 아내와 함께 가벼운 산책을 위해 문밖을 나섰다. 걷다 보니 신선한 바람과 발바닥에서 전해져 오는 다양한 자극이 새로운 생각과 표현을 떠오르게 했다. 이전에 불편한 이야기도 편안하게 말했던 기억을 떠올리면서 천천히 이야기를 꺼냈다.

아내의 표정에 변화가 없었다. 아내는 퇴직 후의 변화를 생각했고, 내가 어떤 결정을 내릴지에 대해 자신의 생각을 준비하는 것 같았다.

"여보, 걱정하지 말아요. 다 잘될 거예요."

이런 말을 하긴 했지만, 불안감을 지울 수는 없었다. 일단 '잘될 거야'라는 말을 하고 나니까 나도 긍정적인 방향으로 이야기를 꺼낼 수 있었다.

"오래된 문이 닫히고 새로운 문이 열린다고 생각해요. 위기는 기회와 함께 온다고 하잖아요."

아내는 애써 태연한 척했지만, 경제적인 상황을 고려하지 않을 수 없었기에 내심 회사에서 버틸 수 있을 때까지 버텨 주었으면 하는 마음이었다. 과연 내가 지금 회사에서 버텨 낼 수 있을까 하는 생각이 들면서 오래전에 읽었던 프란츠 카프카의 『변신』에 나오는 주인공이 떠올랐다.

그는 가족의 생계를 혼자 책임지며 살아가던 직장인 가장이었다. 비현실적인 내용이지만, 어느 날 그가 흉측한 벌레로 변하면서 모든 일상이 달라졌다. 그를 대하는 가족의 마음이 변하면서 대화도 단절되어 갔다. 내가 만약 회사에 남게 된다면 몸은 인간의 모습이지만 마음은 소설의 주인공처럼 변해 버릴 것 같았다. 이런 불안함이 다른 방법을 찾도록 나를 움직이게 했다.

이런 상황에서 어떤 사람은 가족의 생계를 위한 '회사 인간'으로 살아남을 것을 선택할 것이고, 어떤 사람은 모든 것을 내려놓고 밥 대신 자신을 위한 존재를 선택할 것이다. 나는 회사생활이 내 삶의 일부분이라고 생각한다. 나머지 부분은 나와 가족을 위해 할애하며 균형을 이루고 싶었다.

어느 쪽에도 치우치지 않고 균형을 이루며 살아가기가 쉽지 않은 세상이다. 나이가 들수록, 책임지는 부분이 클수록 나의 의지보다 타인의 의도에 따라 영향을 받기 때문이다. 양쪽 모두 중요하지만, 그 안에서 우선순위가 어떤지는 나의 선택에 달려 있다.

어느 한쪽이 무너졌을 때 선택할 수 있는 것은 그다음 우선순위가 높은 것을 유지하면서, 무너진 부분을 일으켜 세워야 한다. 그 과정에서 마음이 상처받거나 아파하지 않도록 해야 한다. 무엇보다 현재 상황을 '새로운 기회를 찾아 떠나는 모험'이라고 생각하고 아직 일어나지 않는 미래의 불안한 생각을 하나씩 지워 갔다. 돌아보면 이 과정이 내적 성장을 이루고 새로운 인연으로 이어지게 했다.

나는 '당신의 자리는 더 이상 없다'는 회사에 이별을 통보하고 새로운 기회가 있는 곳을 향해 움직이는 것으로 결론을 냈다. 처음부터 나의 자리는 회사에서 정하는 것이 아니라 스스로 만들어 가는 것이었다. 은퇴할 때까지 변화가 없을 것으로 생각했던 내 자신이 어리석었다. 새로운 인생의 흐름에 지금의 나를 맡기고, 처음 사회생활을 시작할 때처럼 스스로 돛을 올리고 드넓은 바다로 나아가기로 했다.

아내와 몇 달 전부터 산책하던 습관이 좋은 방향으로 나아가는 데 도움이 되었다. 시련이 왔을 때 건강과 정신이 약해지지 않도록 운동하는 습관을 꼭 붙들고 있어야 했다. 저녁에만 하던 산책이 하루에 두 번 정도로 늘어났으며, 함께 걸으면서 아내는 힘이 되는 말을 해 주었다.

"당신이 잘 성장했기 때문에 이제 둥지에서 떠날 때가 된 거라 생각해요."

이렇게 아내에게 에너지를 얻으며 걷는 길은 새로운 도약으로 이어지는 꽃길이 되었다. 걷다가 힘들면 벤치에 앉아 서로 손을 잡고 기도했는데, 그 장소는 우리 부부만의 성소(聖所)로 기억되어 있다.

어떤 일이 닥쳤을 때 누구나 처음에는 아무런 준비가 되지 않았다고 후회하지만, 잠시 멈추고 주변을 둘러보는 시간을 가지면 보이기 시작한다. 아내의 믿음과 두 아들의 응원이 든든한 버팀목이었다. 그로 인해 다시 숨 쉴 수 있는 기쁨을 얻을 수 있었다.

진정한 행복에
이르는 비밀

이직 준비를 위해 큰아이와 함께 커피숍에 들렀을 때였다. 인적성 검사 문제지에 수학 문제가 나와 있어서 큰아이에게 도움을 청했다. 먼저 문제를 하나씩 풀어 보고 틀린 문제는 아들이 가르쳐 주기로 했다. 아들에게 과외를 받을 거라고는 생각지도 못했는데 색다른 경험이었다.

커피숍에 함께 앉아 있으니 오래전 둘이서 함께 놀던 기억이 떠올랐다. 큰아이가 유치원에 다닐 때였다. 놀이공원이나 동물원에 주말 나들이를 나가면 아이에게 오래된 디지털 사진기를 건네주고 마음에 드는 장면들을 사진 찍게 했다. 그리고 집에 오는 길에 사진 현상을 해서 큰 도화지에 사진들을 순서대로 붙인 다음, 이야기를 아빠와 함께 만들어 가는 놀이였다.

아이가 직접 찍은 사진이어서 그 장면이 아이에게 어떤 느낌이었는지 아이가 써 놓은 글을 보면 알 수 있었다. 그런 장면들이 하나씩 모여서 이야기가 만들어지는 걸 보면 신기했다. 아이는 주로 동물 사진을 찍었는데 셔터를 누르는 순간, 동물에게 마음을 열고 어떤 영감을 얻었을 것이다.

중학교에 올라갔을 때는 가끔 커피숍에 들러 함께 책을 읽고 글을 쓰는 놀이를 했다. 소설책을 읽다가 재미있는 장면이나 극적인 이야기가 나오면 다음에 이어지는 내용이 어떻게 전개될지 상상해 보는 놀이였다.

우리는 책을 덮어 두고 다음 장면을 상상했다. 그리고 다음 이야기가 어떻게 이어질지 글을 써 보는 것이었다. 서로 자기만의 상상에 빠져 이야기를 써 내려갔다. 잠시 뒤에 내가 쓴 이야기를 먼저 보여 주었다. 아무래도 회사 생활에 찌들어서인지 나의 이야기는 현실적이고 뻔한 이야기였다. 반면에 큰아이 이야기는 흥미롭고 재미있었다. 세상을 스펀지처럼 흡수하면서 자신의 것으로 만드는 아이의 상상력이 더 나을 수밖에 없었다.

지금은 말도 걸기 힘든 고등학생이 되었지만, 아들은 아빠의 상황을 이해하며 잠시 수학 선생님이 되어 아빠의 이직 도전을 응원해 주었다. 하지만 아들도 답답하면 한마디 세게 던졌다.

"아빠, 이것도 모르면 어떡해요!"

인상을 찌푸리는 아들의 모습에서 얼마 전 나의 모습을 보는 것 같았다. 아빠가 아들에게 꾸짖을 때 하던 말이었는데 역할이 바뀌었다.

"아빠가 나이가 들어서 그래, 이해해 줘."

아들과 마주 앉기 전에는 나에게 의미 없는 수학 문제였지만, 지금 이 순간만큼은 가족의 사랑을 깨닫게 해 주는 고마운 존재였다. 큰아이와 이야기를 함께 만들었을 때를 다시 떠올렸다. 나와 큰아이의 이야기에는 항상 공통점이 있었다. 이야기의 결말은 해피 엔딩이었다.

행복을 가져다준 우리 이야기는 나의 기억 속에 오랫동안 남아 있다. 비록 지금 상황은 '아빠'라는 주인공이 시련을 맞이했지만 해피 엔딩으로 마무리될 거라는 믿음이 있기에 두렵지 않았다.

진정한 행복에 이르기 위해서는 지금 삶이 해피 엔딩이라는 믿음이 필요하다. 삶의 가운데 어떤 시련이 생기더라도 주인공은 반드시 고난을 극복하기 때문에 마음 편히 지금의 상황을 받아들일 수 있다. 언제라도 멈춰 서서 해피 엔딩을 떠올리면 우리는 행복을 얻을 수 있다.

아빠의 새로운 도전을 응원하는 가족이 있어서 힘들지 않았다. 모든 것이 불확실한 상황이지만 잠시 멈춰 서서 지금 이야기의 결론이 해피 엔딩이라고 생각하면 불안 속에서도 행복을 찾을 수 있었다.

10여 년 전,『그리스 로마 신화』의 흔적을 찾아 이탈리아 로마로 갔던 때였다. 당시 이탈리아 버스 기사가 앞좌석에 앉아 있는 나에게 물었다.

"지금 행복하세요?"

순간 당황해서 대답을 제대로 하지 못했다. 행복했던 순간이 언제인지 잘 떠오르지 않아서 이렇게 여행하는 것, 그 자체가 행복하다고 했다.

구본형 스승이 전하는 행복해지는 법은 이러하다. 『나에게 구하라』에서 밑줄 그은 문장들이다. "맑은 날 들판을 산책하듯 사는 사람은 행복하다. 어려운 일을 당하여 그 일의 밝은 면을 볼 수 있는 사람은 행복하다. 과거 속에서 아름다운 순간을 늘 떠올릴 수 있는 사람은 행복하다. 그리고 몰입된 순간순간을 살 수 있으면 행복하다."

사랑하고 사랑받는
일에 대한 찬사

외국계 회사 지원을 위해서 영어 회화를 준비해야 했다. 25년 가까이 연락하며 지낸 나의 첫 영어 선생님이 떠올랐다. 나를 친동생처럼 대해 주셨고, 우리 아이들과도 소통을 이어 온 분이었다. 영상 통화를 통해서 잊고 있던 영어 회화 감각을 깨워 주셨다. 이직이라는 멈춤의 시간이 있었기에 다시 영어 공부를 시작할 수 있었다.

미국 플로리다에서 지체 아동을 가르치는 일을 하는 선생님은 몸소 낮은 마음으로 감사하며 살아가는 것에 대해 가르침을 주셨다. 힘들 때마다 그녀에게 이메일이나 메시지를 보냈다. 나에게 꼭 필요한 위로의 문구를 보내셨고, 나와 가족을 위해 기도해 주셨다. 한국과 미국 플로리다의 거리는 12,300킬로미터. 그럼에도 그녀의 기도는 바로 곁에서 전해지는 것 같았다. 내 삶에 잊을 수 없는 장면을 함께 떠오르게 했다.

큰 도시에서 살고 싶다는 동경이 커서였을까. 군 제대를 하고 1년 동안 서울에서 공부했다. 연립 주택 꼭대기의 작은 옥탑방을 구했다. 옥탑 마당에서 바라본 서울 야경은 아름다웠지만 그 느낌은 오래가지 않았다. 시간이 지날수록 서울은 낯설고 외롭게 하고 있었다. 부정적인 느낌으로 변해 갔다. 온종일 낯선 곳에서 아르바이트하고 집에 돌아오면 지치고 힘들어서 잠자리에 들기 바빴다.

먼저 서울 생활을 경험했던 선배가 당부한 말이 머릿속에 맴돌았다. "서울 사람들은 조심해야 해. 정신 똑바로 차리지 않으면, 모든 것을 잃어버릴 수도 있어." 그래서인지 그들을 두려운 존재로 바라보게 되면서, 어떤 날은 온종일 입을 열지 않는 적도 있었다. 옥탑방은 점점 외딴섬이 되어 갔다.

주말 오후, 영어 학원에 가다가 서점에 들렀다. 책장에 꽂힌 『내 마음을 열어주는 101가지 이야기』가 눈에 띄었다. 책장을 넘기면서 훑어보다가, 눈에 들어온 소제목은 '테디 베어'였다. 제목과는 달리 실화를 바탕으로 한 이야기는 내 마음을 흔들어 놓았다.

미국 남부 한 마을에 아빠를 사고로 잃은 아이가 낡은 아빠의 무전기로 소원을 이야기하는 장면에서 이야기가 시작된다. 다리가 불구인 아이는 평소 아빠가 일을 마치고 돌아오면 차에 태우고 동네 한 바퀴를 돌곤 했다. 아이는 아빠 생각이 날 때마다 무전기를 잡고 말했다. 이 근처를 지나는 트럭 아저씨가 있으면 연락을 달라고 부탁한다.

무전을 들은 한 트럭 아저씨는 어린 아들이 생각나서 급송 화물이 있음에도 곧장 아이가 일러 준 주소지로 향한다. 아이 집 근처에 도착해서 모퉁이를 도는 순간, 깜짝 놀랐다. 주변의 수 킬로미터 안에 있던 트럭 기사들이 소년과 트럭 기사가 나누는 이야기를 듣고 달려온 것이다. 엄마가 집에 돌아오기 전까지 트럭 기사들은 차례로 아이를 태우고 나서 작별 인사를 나누고 떠나고 있었다.

이 글을 읽고 순간, '나 혼자 힘겹게 살아왔다고 생각했는데, 누군가 곁에 있었구나! 지금이라도 마음의 문을 열면 함께할 수 있구나!'라고 생각하게 되었다. 아빠를 잃은 아이는 비록 혼자여도 트럭을 탈 수 없는 현실에 굴하지 않았다. 세상과 소통할 방법을 찾아낸 용기에 박수를 보낸다.

그 아이의 무전기 내용을 듣고 주변 트럭 기사들이 아이 집으로 달려온 장면은 너무나 감동적이다. 이 세상은 따뜻한 사람들이 움직여 가고 있었다. 먼저 마음의 문을 열면 누군가와 함께할 수 있다는 내용이 내 마음을 흔들기에 충분했다. 아이 엄마가 트럭 기사들에게 감사하는 장면은 아직도 선명하다.

"트럭 운전사 아저씨들! 여기 테디 베어의 엄마가 고맙다는 말씀을 전합니다. 여러분 모두를 위해 기도드리겠습니다. 어린 아들의 소원을 이루어 주셨으니까요. 울음을 터뜨리기 전에 이 무전을 마쳐야겠군요. 주님이 함께하시길 기원합니다. 안녕히 계세요."

잠시 책을 덮고 주변을 둘러보았다. 서점에서 눈이 마주치는 사람에게 환한 미소를 지었다. 삶의 중요한 비밀을 발견한 사람처럼 기분이 좋았다. 책 제목이 말하는 '마음의 문'이 어떤 의미인지 알 것 같았다. 세상과 사람들을 향한 마음의 문이었다.

영어 수업에 들어갔다. 미국인 영어 선생님은 늘 같은 질문으로 수업을 시작했다.

"How are you today(오늘 어땠어요)?"

이전 수업에서는 항상 "I'm fine, and you"라고 대답했지만, 그날은 "Fantastic!"이라고 대답했다. 수업이 끝나자 나를 부르는 선생님. 평소 조용히 앉아 있더니 'Fantastic'한 일이 무엇인지 물었다. 수업에 들어오기 전에 서점에서 읽은 책에 대한 감정을 떠듬떠듬 영어로 전했다.

사람의 마음을 읽는 초능력을 가졌는지 그녀는 금세 환한 미소를 지으며 "Beautiful story!"라고 했다. 그리고 꼭 안아 주었다. 정말 따뜻했다. 마치 책 속의 주인공이 된 것 같았다. 소년이 무전기를 통해 소원을 이루었듯이 나 또한 소년의 이야기를 읽고 세상과 사람을 연결하는 비밀을 알게 되었다. 이 세상은 나 혼자가 아니라는 것, 마음의 문을 열면 따뜻한 사람과 새로운 세상을 만난다는 사실이었다.

그 후로 나를 보면 환한 웃음으로 반겨 주었던 그녀, 그리고 "당신의 웃음은 백만 불짜리 미소입니다"라고 칭찬해 주던 그녀였다. 늘 시무룩하고 어두운 표정이던 나에게 웃음의 가치를 새롭게 발견하게 해 주었다. 이렇게 서로 사랑하고 사랑받

는 일상으로 삶을 채워 가는 게 얼마나 아름다운 일인지 알게
되었다.

나의 영문 이름 'Hangelita'는 선생님의 마음을 잊지 않고
이어지기를 바라는 소망이 담겨 있다. 선생님의 이름 'Angelita'
에 내 성의 첫 영문자 'H'를 붙였다. 'H'가 사다리 모양이어서 마
음을 연결할 수 있는 상징으로 삼았다.

오랜 세월이 흘러도 선생님의 따뜻한 마음은 이 영문 이름
에 담겨 있다. 지금도 책상에 놓여 있는 선생님 사진을 바라보
면 나도 모르게 환한 웃음을 짓게 된다.

멕시코
직원

글로벌 이커머스 기업으로 직장을 옮기게 되었다. 발령받
은 지 얼마 지나지 않아 옆자리에 멕시코인 직원이 앉게 되었
다. 나와 동갑인 그에게는 두 아들이 있다는 공통점이 있었지
만 문화적 차이가 컸다. 성장기에 자라 온 환경, 언어, 가치관
등 많은 것이 달랐다.

20년 가까이 한 회사에서 근무하다가 다른 회사로 옮기기만 해도 적응하려면 어려움이 따르는데, 가족과 함께 타국으로 이주한 그의 선택이 궁금했다. 그는 어린 시절부터 다양한 나라를 경험하며 살았고, 가 보고 싶은 곳이 있다면 언제든 떠날 준비가 되어 있었다.

낯선 곳의 불안이나 두려움마저 즐기는 듯한 그의 일상은 미지의 세계를 향한 삶을 생동감 있게 만들었다. 흥미와 재미, 호기심이 그의 마음을 새롭게 한다고 보였다.

그의 가족이 한국에 적응하도록 돕고 싶었다. 그러한 마음을 나누는 것이 즐거움이었다. 그 또한 영어가 부족한 나에게 많은 도움을 주었고, 영어로 진행되는 첫 미팅, 출장, 회식 등 외국계 회사라는 낯선 곳에 적응하도록 함께했다.

여러 나라에서 다양한 근무 경험을 가지고 있어서 그런지 그의 이메일 문장을 통해 상대방 배려를 어떻게 해야 하는지 알 수 있었다. 인사로 시작하는 첫 문장부터 마음을 따뜻하게 했다. 간단한 피드백 문장에서도 진심이 전해졌다. 업무상 요청이 대부분이었지만 그의 메일은 언제나 기분 좋게 했다.

글은 그 사람의 얼굴이라고 했던가? 그의 문장에서 환하게 미소 짓는 그의 얼굴이 떠오른다. 문장의 힘이었다. 그의 글에는 타인의 마음을 움직이는 힘이 있었다. '그를 만나기 위해서 이 회사에 온 것은 아닐까?'라는 생각을 할 만큼, 그와 함께하면서 그의 영향력을 소중히 여겼다. 나의 선입견이나 고정관념이 유연해지기도 했다.

오래전 죽음의 문턱에서 새 삶을 얻고 나서 더 깊이 삶을 이해하려 했고, 사랑하는 존재로 살아가고 있었다. 하지만 아무리 의미 있게 살아가더라도 결국 죽음으로서 사랑하는 사람들과의 관계는 끝맺는 것이 아닌가. 하지만 그의 죽음에 대한 생각은 달랐다.

죽음은 단절이 아니었다. 서로 오래도록 기억하고 아름다운 추억으로 연결되어 있으면, 영원한 삶을 살아간다고 믿었다. 그래서일까? 그의 지갑에는 멕시코 부모, 친척, 친구들과 함께 찍은 사진들이 있었다. 아내와 아들의 사진까지. 내 지갑에는 증명사진 한 장 달랑 들어 있을 때였다.

그와의 장거리 출장에서 긴 시간 다양한 주제를 이야기했다. 문화가 달라서 많은 부분이 다르다고 생각했지만 깊이 대화할수록 여러 공통점을 발견했다. 가족에 대한 헌신이 그랬고, 아내를 생각하고 배려하는 마음도 그리 다르지 않았다. 아이들과 함께 시간을 보내고 추억을 만들려는 노력도 공감했다.

그는 내가 추천하는 맛집의 음식을 먹고 나면 가족과 함께 다시 찾았다. 지방 출장 중에 알게 된 아름다운 자연 풍광이나 전통 한국 문화, 또는 즐길 수 있는 유적지에 가족과 함께 여행을 떠나곤 했다.

음식 취향도 의외로 비슷했다. 멕시코 사람들은 매운 음식을 잘 먹는다고 하는데, 그는 매운 음식을 거의 먹지 못했다. 적당히 매운맛인데도 땀을 뻘뻘 흘리던 모습이 기억난다. 내가 좋아하는 한국 음식을 좋아해서 함께하기에 편안한 점이 많았다.

역사와 축구에 대한 관심도 흥미로웠다. 미국과 멕시코가 어떻게 관계를 유지하는지 흥미로운 역사 이야기를 들려주기도 했다. 무엇보다 축구 이야기를 할 때는 흥분된 모습이었다. 마치 한국이 일본과 스포츠 경기를 할 때 꼭 이겨야 한다고 외치는 것처럼, 멕시코도 미국을 이겨야 하는 라이벌로 삼고 있었다.

인상적인 부분은 일에 있어서 그는 멀티태스킹을 하지 않는다는 점이었다. '빨리빨리'라는 한국 문화가 뼛속 깊이 자리 잡고 있어서 신속하게 업무 처리를 해야 한다는 마음이 지배적이었고, 나를 불안하게 했다. 이런 마음으로 두 가지 일을 동시에 하려고 했다. 그렇다면 업무 효율은 어떠할까?

아침의 시작은 모닝 커피를 함께 하는 시간이었다. 일 이야기보다 가족 근황을 이야기하는 편이었지만, 내 머릿속은 어떤 일을 해야 할지, 그 일을 어떻게 해야 할지 동시에 생각할 때가 많았다. 심지어 영어로 대화면서 그런 태도였으니, 당연히 대화에 집중할 수 없었다.

그가 주말에 있었던 큰아이의 축구 경기 에피소드를 꺼냈다. 아들이 골을 넣은 순간, 이루 말할 수 없이 기뻤다는 그의 표정은 아빠의 행복 그 자체였다. 하지만 그의 이야기를 순간 순간 놓치고 있었다. 왜 그렇게 행복한 표정인지 모르는 나를 발견하고 말았다.

내 자신이 어찌나 한심했는지 모른다. 마치 로봇에게 영혼 없는 이야기를 명령해 놓은 채 대화보다 일에 집중하고 있는 상황이었다. 그에게 정중하게 사과하고 다시 들려 달라고 하고 말았다.

이렇게 대화 중에 멀티태스킹한다는 것은 관계에서 치명적일 수 있는 태도였다. 자칫 일의 효율마저 떨어뜨린다. 그는 한 번에 하나씩 집중하면서 이야기하고 일을 했고, 한 번에 두 가지 일을 처리하려면 제동을 걸어 주며 시간을 갖자고 했다.

그렇게 잠시 멈추고 일을 하나씩 진행했을 때 일의 성과도

대화 중에 멀티태스킹한다는 것은
관계에서 치명적일 수 있는 태도였다.

좋았다. 몸과 마음이 하나가 되어 집중하고 깊게 공감할 수 있었다. 최근 ChatGTP가 전 세계를 흔들어 놓고 있다. 사람이 고민하고 시간이 걸리는 업무들을 GhatGTP가 해결하고 있기 때문이다. 이런 시대에도 인간이 경쟁력을 가지는 것은 몸과 마음을 하나에 집중하는 공감 능력이다.

공감 능력이 뛰어난 멕시코 동료 직원은 불안한 상황에서도 흔들림 없이 자신 있게 생활하고 있다. 그와 함께 일할 수 있어서 다행이고 행운이었다. 상대방을 배려하면서 쓰는 메일, 다양한 관점과 유연한 사고, 가족과 끈끈한 유대 관계, 온전히 몸과 마음을 하나로 집중하는 습관이 그의 경쟁력이고 존재감이었다.

서로에게
배울 수 있다면

인생 선배 같은 후배

친구가 있다는 것이 얼마나 큰 축복인가? 인생 여정을 함께 걸을 수 있고, 곁에 있어 주는 것만으로도 큰 힘이 되는 친구.

학교 동기나 나이가 같다고 해서 친구가 아니라, 나이가 어려도 인생 선배처럼 느껴지는 친구가 있다. 내겐 직장 후배지만 어느덧 서로 멘토가 되어 준 고마운 이가 있다.

우리는 마음을 나누면서 존중하고 이해하게 되었고, 서로의 길에 등불이 되고자 했다. 선배로서 다가간 나에게 좋은 질문을 해서 다시 돌아보게 하고 배우게 하는 그런 친구였다. 내 이야기에 경청하는 그 친구와 함께 대화하면 새로운 길을 향해 걸을 때마다 큰 에너지를 얻곤 한다. 존재만으로 평온을 얻고, 경청만으로 스스로 해결하게 하는 희망을 주는 사람!

내가 팀장이었을 때 후배는 신입 사원이었고, 얼마 되지 않아 해외 프로젝트를 함께 진행하게 되었다. 사회생활 첫걸음을 막 내디딜 때 해외에 나가야 하는 상황이 찾아오면 두려움이 많았을 것이다. 중국이라는 낯선 곳에서, 언어도 능숙하지 않은데 그는 새로운 업무를 진행해야 했다.

우리는 새로운 지역을 옮겨 다닐 때마다 다양한 시행착오를 경험하면서 조금씩 실수 후에 여유를 누리기도 하고, 그럴 때마다 후배의 불안과 두려움은 설레임으로 바뀌기도 했다. 우리에게는 모험의 시간이었던 셈이다. 나는 그 친구의 존재만으로 든든했고, 불안하거나 두렵지 않았다.

주말 아침, 중국 시안에 도착했을 때였다. 세계적으로 유명한 병마용 유적지에 가고 싶었지만, 후배는 혹시 모를 위험에 노출될 것을 두려워하며 안전한 호텔로 돌아가고 싶어 했다. 얼마 전에 중국 지사 동료가 택시를 타다가 지갑을 날치기를 당한 사건이 있어서 더욱 그의 불안을 가중시켰다.

우리는 병마용 유적지를 향하는 택시 안에서 먼저 그의 불안에 대해 나누었다. 후배와의 대화는 자못 진지했으며, 한 시간 동안 서로 더 깊이 다가가는 좋은 기회가 되었다. 그때 후배의 존재가 내게 얼마나 큰 힘이 되는지 이야기해 주었다.

후배는 그날 이후 어떤 존재만으로도 불안에서 벗어날 수 있다는 사실을 알게 되었고, 어느덧 사랑하는 사람을 만나 결혼하고 안정적으로 가정을 꾸려 가고 있다. 후배의 인생은 마치 그 시절의 나를 보는 듯해서 더욱 친밀하게 느껴진다.

간혹 시련을 맞이한 나에게 위로와 용기를 불어넣어 주는 후배는 소중한 멘토가 되었다. 오래전 중국 출장에서 이른 아침 일출과 저녁노을의 아름다움을 바라보면서 삶의 즐거움을 깨우친 경험이 얼마나 소중했는지 고백하곤 한다. 그런 경험의 존재만으로 자신의 인생이 얼마나 풍요로운지 그리고 그것을 누리면서 사는 지금 일상이 얼마나 소중한지 이야기한다.

에베레스트 등반가, 스승 같은 친구

후배이나 스승 같은 친구도 있다. 지금은 해외에서 가족과 함께 생활하고 있지만, 가까이 있는 것처럼 내게 선한 영향을 주고 있다. 어떤 상황에서도 흔들리지 않고 균형을 유지하는 비밀이 무엇인지 늘 궁금했다.

꾸준한 독서, 철학과 고전을 읽으면서 글을 쓰는 작가의 정신에서 나왔을까? 히말라야 에베레스트 정상에 올라가면서 죽음의 경계를 넘나들었던 등반가의 경험일까? 오랫동안 해외에서 가정을 꾸려 온 아빠의 내공일까? 나도 그처럼 살아가고 싶지만 쉽지 않은 일이다. 가끔 그의 집에 들러 대화하는 것만으로도 쉼과 힘을 얻는다.

그와의 대화에서 기억에 남은 것은 그가 에베레스트 정상에 도전했을 때의 이야기였다. 산소가 희박하다는 8,000미터 높이, 신의 영역이라 불리는 그곳은 오직 선택받은 자만이 올라갈 수 있었다. 에베레스트 정상 부근에는 그곳에서 생을 다한 시신이 그대로 존재한다고 한다. 천근만근인 다리를 이끌고 올라간 어떤 사람도 그들을 데리고 올 수는 없었다. 자신이 살아서 내려갈 수 있는 최소한의 힘만 남아 있기 때문이다.

언제 죽음이 찾아올지 모르는 신의 영역을 오르내리는 길이 어떠한지 경험하지 못한 나로서는 감히 상상이 가지 않는다. "이 세상에 태어난 것도, 세상을 떠나는 것도 그럴 때를 만났기 때문이라는 하늘의 순리를 깨닫고 따른다면 그것이 의연하고 늠름한 삶이다." 친구 노자가 죽었을 때 문상을 다녀오면서 장자가 했던 말이다.

그와 함께 있으면 소소한 일상에서 얻을 수 있는 작은 기쁨이 얼마나 많은지 알 수 있었다. 그리고 살아 숨 쉬고 있는 지금이 얼마나 소중한지 느낄 수 있어서 좋았다.

구본형 변화경영연구소 연구원 동기

인문 고전을 공부하면서 만난 구본형 변화경영연구소의 연구원 동기들. 그들은 인생 친구다. 처음 1년간 매월 한 번씩 만난 모임이 10년 넘게 이어지고 있다. 서로의 존재를 있는 그대로 지켜보고 존중하는 사람들이다.

10명의 동기들은 20대부터 50대까지 다양한 세대 차이가 있고 기업인, 방송, 교육, 금융, 의학, 학교 등 일터 분야도 서로 달랐다. 첫 만남에서 연결 고리를 찾아야 했고, 공감하기가 어려웠으나, 각자 자신의 이야기를 조심스럽게 꺼내기 시작한 건 토론을 하면서부터였다.

첫 주제는 신화, 역사, 고전이었고, 자연스럽게 무의식 속 자아를 끄집어내면서 각자의 가면을 한 겹씩 벗을 수 있었다. 그런 시간이 지나면서 서로 마음을 돌봐 주었고, 무엇보다 누군가의 이야기를 끝까지 들어 주는 사람들이 되었다. 진심을 다해 나누고 공감하면서 피드백하려고 노력했다.

우리 동기들은 1년에 한 번 여행을 떠나고, 그곳 여행지에서 1년간 아쉬운 점과 다가올 1년에 대한 계획을 준비해서 공유한다. 어떤 이야기라도 인정해 주며 서로 격려한다. 일상의 기쁨을 함께 누리며, 잠시나마 삶이 하나가 되는 공동체인 것에 감사한다. 진정한 친구들에게 둘러싸여 사랑받는 존재가 된다는 것은 고군분투할 삶이 있더라도 평화와 자유를 한껏 느끼는 순간이다.

시의 언어로 남은
콩나물국 선생님

인생에서 가장 불안했던 시절은 고등학교 3학년 때였다. 시험 성적 결과에 따라 감정의 변화가 심했고 스트레스로 인해 우울증까지 경험했던 시기였다.

어느 날, 담임 선생님이 교실 문을 열고 들어왔다. 그 손에 작은 책 한 권이 보였다. 선생님은 교탁에 서서, 창가에 있는 학생에게 교실 등을 끄라고 손짓했다. 불이 꺼지자, 두 눈을 감으라고 했다. 우리는 무슨 영문인지 모른 채 눈을 감았다. 정적이 흐르고 선생님 음성이 들리기 시작했다. 나직한 목소리로 느리게 시를 읊으셨다. 독일에서 유대인으로 태어난 사무엘 울만이 78세에 쓴 시 〈청춘(Youth)〉이었다.

눈을 감고 들어서일까? 마음 깊이 울림이 있었다. 행이 끝나고 난 뒤, 선생님의 짧은 침묵은 시의 깊이를 더해 주었다. 세상에 찌들어 있던 감성들이 하나씩 깨어나기 시작했고 불안은 깊은 잠에 빠져들었다.

우리 마음속에는 영감의 안테나가 있어
사람과 신으로부터
아름다움, 희망, 기쁨, 용기,
힘의 영감을 받는 한 당신은 청춘이다.
…
머리를 드높여 희망이란 파도를 탈 수 있는 한,

그대는 팔십 세일지라도 영원한 청춘일 것이다.

마지막 행은 긴 터널의 끝에 보이는 환한 불빛 같았다. 풀리지 않는 문제들과 숫자들이 머릿속을 헤집고 있을 때 시는 마음을 가볍게 해 주었다. 답답했던 마음에 깨끗한 공기를 불어넣었다.

시는 읽는 것보다 듣는 것이 좋다. 눈을 감고 들으면 내 마음의 안테나가 하늘 높이 올라가 시를 썼던 시인의 마음으로 연결되는 것만 같다. 다 듣고 나면 시의 여운이 사랑하는 사람과 신께 연결되어 희망과 기쁨을 얻는다. 눈을 감고 들었던 그 짧은 시간이 내 인생에 잊을 수 없는 장면으로 남아 있다.

몹시 아픈 날이었다. 목이 아파서 제대로 말할 수 없었고, 몸살 기운으로 이불 속에 누워 있을 때였다. 학교에서 전화가 왔다는 엄마 목소리에 친구라고 생각했다. 전화를 받았다. 담임 선생님이었다.

"요즈음 몸이 아프다고 하던데, 괜찮니?"

"……."

"목이 아플 때는 따뜻한 콩나물국에 고춧가루 넣어서 먹어 봐라. 괜찮아질 거야!"

"……."

"괜찮아, 내일부터 다시 시작하면 돼."

나는 전화를 끊고 나서 말없이 한참 동안 서 있었다. 평상시 선생님의 근엄한 목소리 대신 다정하고 친근한 목소리 때문인지, 아니면 계속해서 괜찮다는 말씀 때문인지 나도 모르게 눈물이 흘러내렸다.

시를 읊어 주던 선생님의 바로 그 목소리가 그동안 불안 속에 긴장했던 감정들을 한꺼번에 쏟아지게 했다. 단순한 안부 전화로 생각할 수 있었지만, 그 당시 나에겐 다시 불꽃을 살려 내는 불쏘시개 같았다. '내일부터 다시 시작하는 거야'라는 말씀은 희미해지던 심장까지 다시 두근거리게 했다. 그리고 어머니가 해 주신 콩나물국을 먹고 나자, 아팠던 목이 좋아졌다.

그 후 콩나물국은 나의 소울푸드(Soul food)가 되었다. 몸이 지치고 마음 어딘가를 모서리에 부딪혀서 아플 때, 24시간 콩나물국밥집을 찾는다. 그곳에 가면 허기를 채우러 오는 사람들이 있다. 콩나물국에 고춧가루를 넣고 먹다 보면 나도 모르게 눈물이 난다. 후루룩 소리는 '기운내!'라고 들리기도 하고, 내 안의 피로를 시원하게 사라지게도 한다.

지금 나는 누군가의 선생님은 아니다. 하지만 마음의 모서리가 아프거나 일상의 피로로 쉼이 필요한 청년들에게 따뜻한 한 끼라도 함께하려고 노력한다. 내가 얻는 삶의 영감과 지혜를 나누는 게 나의 선생님에게 보답하는 길이라고 생각한다. 그렇게 누군가에게 선한 영향을 주려고 한다면 이 세상은 계속해서 좋은 방향으로 나아가지 않을까?

사막에서 만난
낙타와 사자

나에게는 두 아들이 있다. 아이들도 성장통이 있지만, 초보 아빠에게도 많은 시행착오가 있었다. 아이들은 나와 별개의 삶이라고 생각한 것이 잘못이었다. 아이의 삶은 곧 나의 삶이라는 사실을 뒤늦게 알게 되었고, 아이가 자라면서 '키운다'라는 생각보다 '함께 성장한다'라고 생각하게 되었다. 초보 아빠는 아이들에게 많은 부분을 배웠다.

동생과 싸운 큰아이를 무조건 혼낸 날이었다. 큰아이는 잘 못하지 않았는데 동생 때문에 혼이 나서 그랬는지 억울한 모양이었다. 동생은 펑펑 우는데 큰아이는 울음을 참느라 애쓰고 있었다. 꺽꺽거리며 가슴만 들썩일 뿐 제대로 울지도 못했다.

나는 큰아이가 울음을 참느라 숨을 쉬지 못할 만큼 목이 메이는 것을 보았다. 유년의 아이에게 울지 말라고 야단쳤던 내 모습이 떠올랐다. 아이의 눈에는 그러한 아빠가 얼마나 두려운 존재였을까. 내 머릿속에는 '처음 아이를 키워서 어쩔 수 없었어', '권위적인 아빠의 영향으로 나 또한 감정을 억누르며 살아왔어'라는 구차한 변명들이 함께 떠올랐다. 나는 아이에게 나쁜 아빠였다.

큰아이에게 다가가 안아 주었다. 아이의 거친 심장박동이 나와 같아질 때까지 기다렸다. 시간이 지나자 큰아이는 조금씩 소리 내어 울기 시작했다. 나는 아이가 울음을 다 쏟아 낼 때까지 안아 주며 기다렸다.

문득 오랜 시간 동안 나의 아버지와 거리를 두고 있었다는 사실이 떠올랐다. 어릴 적 아버지는 늘 무서운 존재였다. 권위적이고 엄격한 목소리는 나를 불안하게 했고, 무엇보다도 어머니를 향한 비수 같은 말들은 어린 내 마음에 상처를 주었다.

그래서일까? 가까이 다가가 말을 걸기조차 힘들었다. 아버지도 또한 아들에게 어떤 방법으로 사랑을 표현해야 할지 몰랐다. 그 누구도 그런 것을 가르쳐 주지 않았다. 마음의 상처가 많았던 아들은 자라면서 '내가 아버지가 되면 저절로 괜찮아질 거야. 아버지의 마음을 쉽게 이해할 수 있을 거야'라고 생각했다. 하지만 마음의 상처는 쉽게 치유되지 않았다. 시간이 흘러 그 아들이 아버지가 되어서도 상처는 그대로 남아 있었다.

아버지가 암 선고를 받았을 때였다. 가족과 함께 병원에 찾아갔고 아버지의 야윈 모습을 보고 나는 말없이 아버지를 안아드렸다. 큰아이에게 했던 것처럼 아버지를 안고 가슴 뛰는 소리를 들었다. 아주 어렸을 때를 제외하곤 아버지를 안아 본 것은 처음이었다.

나와 아버지의 사랑 주파수가 맞았을까? 아버지는 이 순간을 기다렸다는 듯이 눈물을 글썽거렸다. 큰아이도 옆에 와서 아버지와 포옹했다. 삼대가 사랑으로 연결되어 마음의 상처가 치유되는 순간이었다.

아버지와 화해는 내 삶에 큰 선물이었다. 희미했던 나의 정체성에 대해 확신을 가져다주었고 그로 인해 모든 인간관계에서 자신감을 조금씩 회복했다. 사막 같았던 삶이 경이로운 삶으로 도약하는 특별한 순간이었다.

내가 꿈꿨던 모습이 현실에서 이루어지게 되었다. 구본형 스승의 『깊은 인생』이라는 책을 읽으면서 밑줄 그은 바로 그 일이 일어난 것이다. "나는 수백 마리의 낙타 중의 하나였다. 짐은 한가득 싣고 인생이라는 사막 한가운데를 걸어가는 낙타. 앞서 걸어가는 낙타를 쳐다보며 묵묵히 따라 걸었다. 내게 주어진 운명을 거부하지 못하고 마음의 상처는 돌볼 겨를이 없이 살아갔다. 시간이 지나 낙타는 자신 위에 올라탄 사람이 누구인지 궁금해했다. 그는 자신이 누구인지 찾기 위해 머나먼 길을 가고 있는 순례자였다."

낙타는 순례자와 함께 걸어가면서 그의 눈으로 세상을 볼 수 있게 되었다. 이전에는 앞서가는 낙타의 발자국만 보였지만 이제는 아름다운 모래 언덕이 보였고, 그 너머에 황금빛 사자 한 마리가 보였다.

그 사자는 오래전 나의 아버지 모습이었고, 지금 내가 되고 싶은 모습이었다. 황금빛 사자가 꼬리를 칠렁이며 지는 해 속으로 사라지기 전에 나는 사자에게 말하고 싶었다. "나를 멀리서 지켜보고 지지해 주셔서 감사합니다. 그리고 사랑합니다."

오랜 투병 끝에 아버지의 암은 치유되었다. 이 세상 최고의 명약은 포옹이라고 생각하며 지금도 아버지를 만날 때마다 먼저 안아 드린다. 아버지와 화해하지 못한 시간은 마음의 상처로 얼룩졌지만, 그 후의 시간은 아버지와 끈끈하게 연결되어 상처의 기억은 흘려보내고 존경과 사랑이 마음 깊이 남았다. 나 또한 아들에게 황금빛 사자의 모습으로 기억되고 싶었다.

시간의 나그네,
나의 스승!

2012년 11월의 마지막 날, 스승이 생각나서 전화 연락을 하고 댁에 들렀다. 마침 스승은 편찮으셔서 병원에 가게 되었고, 서재에서 기다리라고 했다. 나는 서재가 있는 2층으로 올라갔다. 상상했던 모습 그대로였다. 커다란 창 너머 북한산 자락이 보였고, 그 아래 바삐 움직이는 사람들과 차들이 보였다. 스승은 이곳에서 떠오르는 해를 바라보며 눈부신 하루를 맞이했을 것이다.

서재는 어떤 의미였을까? 책을 읽고 글을 쓰며 상상하는 모든 것을 현실로 가능하게 한 곳, 책 속의 경험을 통해 마음속의 무의식을 찾아 여행한 곳, 어제와 결별하며 특별한 오늘을 부여받은 곳, 그로 인해 새롭게 태어나게 도와주는 공간이라고 스승은 말했다. 가끔 책을 보다가 졸면서 꿈속을 여행하며 미래의 꿈을 찾아가는 통로이기도 했다.

스승을 기다리면서 서재를 둘러싼 책장을 보았다. 1년 동안 읽었던 책들이 먼저 눈에 들어왔다. 군데군데 새 책도 보였지만 오래된 책이 대부분이었다. 책상에는 조금 전까지 읽고 있었던 사마천의 『사기열전』이 펼쳐져 있었다. 얼마 전 스승이 올린 칼럼 '이 책, 한 권'이 떠올랐다. 칼럼에서 스승은 내 인생의 멋진 책 중에 하나라며 이 책을 소개하고 있었다. 그 내용을 여기에 옮겨 놓는다.

나는 수십 년간 이 책을 내 책상 위에 올려 두었다. 때때로 나는 아무 곳이나 펼쳐 읽는다. 그리고 나는 다시 이 책을 덮는다. 그렇게 내 삶은 이 책과 함께했다. 왜 그랬을까? 이 책 속에 등장하는 인물들은 가장 비천한 자에서 가장 고귀한 자에 이르기까지 모두 살아 있기 때문이다. 이 글을 쓰면서 나는 이 책을 손으로 더듬어 책 속의 영혼들이 내 손끝에서 되살아나는 기이한 황홀을 느껴 본다.

의자에 앉아 눈을 감고 스승의 책 읽는 모습을 떠올렸다. 이른 새벽, 책을 읽으면서 어떻게 세상을 바라보았을까? 사람과 세상을 어떻게 당신의 생각으로 연결하며 글을 썼을까? 스승을 기다리는 동안 책을 읽으면서 스승이 직접 물결친 밑줄에서 한참 동안 서성거리다가 시간 여행을 떠났다.

그는 시간의 나그네였다. 옛글 행간 사이를 거닐다가 문득 발견한 자기 모습. 행간 사이를 지나가는 밑줄은 누군가가 걸어온 길. 그 길을 따라 책 속으로 여행을 떠난다. 굽어진 길을 걸으면서 만난 주인공에게 물음을 던지고 이야기를 듣는다. 화자가 주인공인지 자신인지 알 수 없다. 단지 그는 이야기를 마음 한쪽에 적어 둔다.

여행에서 돌아온 그는 이야기를 써 내려간다. 그는 세상과 사람의 마음을 하나로 연결하는 아름다운 시(詩)를 남겼다. 밑줄은 직선이 아니라 약간은 굽어지고 울퉁불퉁했다. 문득 그리스 신화에 미궁을 빠져나오게 하는 아리아드네의 실이 움직이는 것 같았다. 삶이라는 미로를 탐험하는 데 있어서 절대로 놓아서는 안 되는 운명의 실. 스승은 매일 아침 아리아드네의 실타래를 풀어내며 운명 속으로 걸어 들어갔다. 실 위의 글귀들은 환한 불빛이 되어 당신의 길을 아름답게 밝혀 주었다.

나도 책을 읽으면서 나만의 실타래를 풀어낸다. 이 실이 어디로 나를 데리고 갈지 모르지만, 내가 걸어가는 길에는 당신의 등불이 환하게 비추고 있어 더 이상 불안하고 두렵지 않았다.

스승은 내가 쓴 똥 이야기를 좋아했다. 나는 나의 이야기를 부끄러워했지만, 당신과 함께하면서 달라졌다. 아마 스승은 내 이야기를 풀어내면서 세상을 다르게 바라보고 나 자신에게 조금씩 눈을 떠 가기를 바랐을 것이다. 그날은 제자가 스승에게 그동안 어떤 변화가 있었는지 이야기하는 자리였다. 스승은 목이 아픈 가운데에서도 환하게 웃으면서 나의 눈을 쳐다보았다.

"처음에는 냄새나는 똥 이야기였지만, 시간이 지나면서 그 이야기들이 내 마음에서 발효되어 좋은 거름이 되었습니다. 지금은 거름 속에서 뿌리내린 나무가 꽃을 피울 준비를 하고 있습니다."

내가 말하자 스승은 이렇게 화답했다.

"넌 사람들에게 깊은 향기를 나눌 수 있는 꽃을 피울 거야."

서재에서 한 시간 정도 대화를 나누면서 스승의 영혼을 느낄 수 있었다. 아픈 목, 저 깊은 곳에서 우러나오는 맑은 소리. 그 선한 영향력이 나의 몸 세포 하나하나를 깨우고 움직이게 했다. 나도 모르게 눈물이 글썽거렸다. 누군가를 닮고 싶다는 것은 내 안에 그 사람의 능력이 있기 때문이라는 사실을 떠올리며, 나는 스승의 눈을 바라보며 감사 기도를 했다.

당신을 만날 수 있었음에 감사하고,

성찰할 기회 주심에 감사하고,

희망이 있다는 것을 알려 주심에 감사하고,

모든 것을 누릴 수 있는

새로운 삶을 선물해 주셔서 감사합니다.

누구든 평생 잊을 수 없는 만남을 가지면서 살아간다. 그러한 만남은 인생을 바꾸고 나를 변화시킨다. 더 이상 이전의 나일 수만은 없지 않겠는가.

엄마를 닮은 나

부산 기장군 월내 바닷가에 있는 초등학교에 다녔다. 바닷가에서 친구들과 불꽃놀이 하는 것을 좋아했다. 밤하늘에 불꽃이 터질 때마다 세상을 환히 비춰 주는 모습이 좋았다. 답답했던 마음도 뻥 뚫리는 것 같았다.

초등학교 2학년 때였다. 수업을 마치고 집으로 가는 길에 문구점에 들렀다. 마침 새로 나온 불꽃놀이 제품이 눈에 띄었다. 신기해서 만지작거리다가 계산도 하지 않고 문구점을 나와 버렸다.

"이 녀석, 내가 모를 줄 알았지!"

주인아저씨의 목소리에 제품을 들고 서 있는 나 자신을 발견했다. 주인은 나의 목덜미를 잡고는 문구점 안으로 끌고 들어갔다. 토끼를 붙잡은 살쾡이 눈빛으로 말했다.

"새파랗게 어린 녀석이 물건을 훔쳐? 너는 혼이 나야 해."

그는 내 귀를 잡고 흔들더니 문 앞으로 데리고 나갔다. 귀가 너무 아파서 비명도 나오지 않았다. 그는 나를 문 앞에 무릎 꿇게 하고 두 팔까지 높이 들게 했다. 맨바닥은 차갑고 거칠었다. 그리고 더러웠다. 눈물이 흘러내렸다.

한참 울고 나니 지나가는 친구들이 보였다. 친구들과 눈이 마주치자 나는 고개를 숙였다. 친구들의 시선이 따가웠다. 세상이 나를 버린 것 같았다. 피가 더는 팔과 무릎으로 흐르지 않았고 감각은 점점 무뎌졌다.

잠시 뒤, 눈에 익은 분홍 구두가 보였다. 천천히 고개를 들었다. 엄마였다. 미안함에 다시 고개를 숙였다. 엄마는 손수건을 꺼내 눈물범벅이 된 얼굴을 닦아 주었다. 그리고 축 처진 팔을 내려 주었다.

엄마는 문구점 안으로 들어갔다. 고개를 돌려 문구점 안을 보았다. 창문 넘어 주인아저씨와 이야기를 나누는 엄마를 보았다. 주인은 처음엔 큰소리를 치더니 점점 조용해졌다. 엄마는 문을 열고 나와 나를 일으켜 세웠다. 엄마의 손에는 조금 전 내가 들고 있던 불꽃놀이 제품이 있었다.

"많이 힘들었지?"

"⋯⋯."

엄마는 내 손을 꼭 잡았다. 그리고 함께 바닷가로 향했다. 엄마의 온기는 걸음마다 길가에 움츠렸던 꽃들을 고개 들게 했다. 바닷가에 도착한 우리는 모래 위에 앉았다. 엄마는 불꽃 하나를 터트렸다. 터지는 불꽃보다 엄마 얼굴이 더 환하고 밝아 보였다. 미안한 마음에 눈물이 글썽거렸다.

"불꽃이 보고 싶으면 엄마에게 말해. 함께 불꽃을 보자. 알았지?"

"⋯⋯."

엄마는 나를 꼭 안아 주었다. 엄마 품에는 얼어 버린 겨울 바다까지 녹게 만드는 따뜻한 사랑이 있었다. 나도 마음을 따뜻하게 해 주는 사람이 되고 싶었다. 지금은 누군가의 마음을 따뜻하게 하는 것이 얼마나 힘든 일인지 알 수 있는 나이가 되었다.

문구점 주인처럼 아이를 '나와 그것'으로 대하기보다 '나와 너'로 대하는 것이 얼마나 힘든 일인지 안다. 운전하면서 갑작스럽게 끼어드는 차량을 '나와 그것'으로 대할 때마다 나 자신에게 깜짝 놀랄 때가 많다. 차 안에 있는 운전자도 사람인데 말이다.

지금의 나는 엄마의 마음을 닮았다. '나와 너'로 대하는 엄마의 따뜻한 마음을 알아 버린 나는 엄마가 아빠의 가시 돋친 말에 가슴 아파할 때, 엄마의 이야기를 귀 기울이면서 힘이 되어 주려고 했다. 엄마의 마음이 풀어질 때까지 곁에 앉아 엄마 손을 잡았다. 그리고 엄마에게 말했다.

"나는 엄마가 힘들지 않고 행복했으면 좋겠어."

엄마를 닮고 싶은 마음이 있어서일까? 내게는 엄마처럼 겨울 바다까지 녹일 수 있는 따뜻한 마음은 아니지만, 누군가의 이야기를 진심으로 들으려고 하는 마음이 있었다. 지금도 타인의 가슴 아픈 이야기를 들으면서 '나와 너'를 대하는 마음으로 말한다.

"나는 당신이 힘들지 않고 늘 행복했으면 좋겠어요."

나를 찾아가는

여행의 시작은

멈춤이다

잠시 멈춰도
괜찮아

산길을 달리면서 아침을 맞았다. 마라톤 대회 준비를 위해 매일 아침 뛰었다. 두 번 숨을 들이쉬고 두 번 내쉬었다. 발이 땅과 맞닿을 때마다 호흡은 리듬이 되었다. 이렇게 살아 있는 기쁨을 가장 많이 느낄 수 있는 순간이 지금처럼 달리고 있을 때이다. 춘천 마라톤 대회에 풀코스 참가 신청을 했다. 가족의 반대가 있었지만, 완주하고 나면 무슨 일이든 끝까지 잘할 수 있을 것 같았다.

춘천 종합운동장에 들어서자 수많은 사람이 몸을 풀고 있었다. 출발선에 서서 나는 생각했다. '초반에 무리하지 말자. 중간에 거품 물 수 있다.' 쌀쌀한 날씨에 긴장한 근육들을 스트레칭으로 풀어 주었다.

출발 신호와 함께 네 시간대 페이스메이커 뒤로 달렸다. 25킬로미터 지점까지 최고의 컨디션이었다. 대회를 준비했던 훈련량이 나를 버티게 했다. 오르막길이 나올 때도 힘들지 않았다. 하지만 25킬로미터 지점이 지나자 내리막길에서 다리에 경련이 왔다. 우측 종아리 통증이 허벅지까지 올라왔다.

머리와 가슴은 이미 결승점을 넘어섰지만, 다리는 이미 탈진되어 있었다. 고통스러웠다. 한 걸음 내딛기가 힘든 정도였다. 옆에서 누군가 손짓을 하는 느낌이 들었다. 손에는 하얀 장갑을 끼고, 이마에는 푸른색 밴드로 하얀 머리카락들을 고정한 단단한 체구의 할아버지였다. 힘들면 페이스를 늦추라며 두 손을 가슴 아래로 움직였다. 완주가 목표였고, 달리는 내내 속으로 '걸으면서 완주하지는 말자'라고 되뇌었다.

하지만 걷기도 힘든 상황이었다. 일단 멈춰서 근육을 풀어야만 했다. 멈춰 서서, 우측 종아리와 허벅지를 두 손으로 잡고 흔들었다. 바로 그때 좀 전의 할아버지가 다가와서 내 등을 쳤다. 그리고 누워 보라고 손짓했다.

나는 넘어지듯 누운 채 몸을 할아버지에게 몸을 맡겼다. 그는 한쪽 발바닥을 가슴에 대고 경련이 심한 다리를 펴서 주물렀다. 아팠던 다리가 한결 나아졌다. 잠시 뒤, 나는 다시 일어설 수 있었다. 나로 인해 자기 페이스를 잃어버리게 된 할아버지에게 미안했다.

그동안 나 혼자만 생각하고 달려온 나는 할아버지 앞에서 부끄러웠다. 감사 인사를 건네자, 할아버지는 내 어깨를 두드리며 말했다.

"젊은 양반, 죽자고 뛰면 정말 죽는 수가 있어. 더 천천히, 지치지 말고 뛰게나! 즐기면서 말이야!"

우리는 함께 달리기 시작했다. 할아버지와 호흡을 맞추면서 나는 알게 되었다. 인생은 혼자서 외롭게 가는 것이 아니었다. 달리면서 옆을 바라보는 여유와 무엇보다 누군가를 위해 기꺼이 도움의 손을 내어 줄 수 있는 용기를 가져야 했다.

35킬로미터 지점을 지나자 할아버지는 조금씩 힘들어하는 기색을 보였다. 숨이 차다면서 더는 힘들겠다는 손짓을 했다. 그리고는 달리기를 멈췄다.

"이제 쉬어야겠네, 충분히 달렸어."

가쁜 숨을 몰아쉬며 할아버지는 말했다. 응급차가 있는 곳까지 모셔다드리고 나는 다시 뛰었다. 뛰는 내내 할아버지 생각을 잊을 수 없었다. '지치지 말고 즐기면서 뛰자'라는 생각이 힘이 되었다.

38킬로미터 지점에 이르자, 주변에 힘들어하는 사람들이 눈에 띄었다. '조금만 더 가면 된다. 이 사람들과 함께.' 아무 소리 없이 뛰던 나는 손뼉을 치기 시작했다. 옆에 있는 사람도 함께 손뼉을 쳤다. 뒤에 있는 사람들도 함께 손뼉을 쳤다. 그 소리에 나는 용기를 얻어 말했다.

"힘내세요, 힘내세요!"

목소리가 우렁차게 나왔다. 내 목소리에 나도 놀랐다. 이제는 주변의 모든 사람이 다 함께 손뼉을 쳤다. 거리에 응원 나온 사람들도 손뼉을 치며 힘을 실어 주었다. 조금 전의 고통스러운 표정들이 즐거운 표정으로 바뀌었다. 나로 인해 일어난 조그만 파장이 다른 사람들에게 전달되고, 오히려 나에게 큰 힘이 될 수 있다는 사실에 가슴이 두근거렸다. 할아버지가 말했던 즐기면서 뛰는 게 어떤 의미인지 알 것 같았다.

또다시 발이 무거워졌다. 이제는 목이 탔다. 수분이 몸에서 모두 증발해 버린 것 같았다. 가을 날씨였지만 햇살은 뜨거웠다. 잠시 뒤에 어디선가 비가 쏟아졌다. 대회 주최 측에서 마련한 인공 비였다. 머리 위에 빗방울이 떨어지자, 물방울은 내 몸속으로 스펀지처럼 흡수되었다. 무거운 발에 날개를 단 것 같았다.

나는 마음껏 소리 질렀다. 머리를 뒤로 젖히고 입을 벌리고는 생명수를 마셨다. 온몸이 흠뻑 젖었다. 결승점까지 즐거운 기분을 이어 나갔다. '걸으면서 완주하지 말자'라는 나의 기준도 사라졌다. 뛰거나 걷거나 아무런 문제가 되지 않았다. 그저 즐기면서 완주하는 것이 목표가 되었다.

마라톤은 혼자서 고독하게 뛰는 것으로 생각했다. 결승점을 통과하고서야 알았다. 완주는 나 혼자서 하는 게 아니었다. 나를 멈춰 세우고 아픈 다리를 풀어 준 할아버지, 함께 뛰며 손뼉 치며 응원해 주는 사람들이 아니었다면 완주는 못했을 것이다. 그분들이야말로 인생 완주를 지치지 않고 즐기는 사람들이었다.

지금도 힘들 때마다 책상 앞에 걸어 둔 마라톤 완주 메달을 바라본다. 내 삶의 의미 있는 상징으로 자리 잡았다. 처음에는 무슨 일이든 끝까지 하기 위한 도전이었지만, 인생 완주를 위해 어떻게 살아야 하는지 깨달음을 얻은 소중한 시간이었다.

마라톤을 완주하는 힘든 순간에도 누군가가 나를 일으켜 세워 주었다. 지금까지 살아온 삶이 혼자가 아니었듯이 나도 누군가에게 손을 내밀어 주는 존재가 되어 간다면, 인생의 반환점을 돌고 나서도 나의 발걸음은 가벼워질 것이다.

깨어 있는
사람

중국 난징 공항에서 처음 마주한 것은 짙은 안개였다. 저녁

늦게 도착해서인지 아니면 안개 때문인지 호텔로 향하는 도로 주변에는 사람도 차들도 보이지 않았다. 마치 낯선 공간에 혼자 떨어진 기분이었다. 호텔에 도착한 나는 제대로 잠을 자지 못하고 새벽녘에 눈을 떴다. 불현듯 낯선 곳의 새벽 공기를 마시고 싶었다.

나는 난징 시내 거리를 걸었다. 늦은 밤에 보았던 도시의 풍경과는 전혀 다른 모습이었다. 이른 아침부터 수많은 차와 사람들로 도시의 활기를 느낄 수 있었다. 머리는 무거웠지만, 발걸음은 가벼웠다.

아침 식사를 위한 따뜻한 두유와 꽈배기 모양의 튀김 빵을 파는 작은 노점들이 보였다. 지갑 대신 카메라만 들고나온 자신을 자책하며 난징의 아침 풍경을 보면서 셔터를 눌렀다. 큰 골목에서 시야가 익숙해지자 안쪽으로 이어진 작은 골목들이 보였다.

골목의 끝에는 작은 시장이 들어서 있었다. 신선한 채소와 해산물, 다양한 물건들이 호기심을 자극했다. 그곳의 풍경들이 마음에 들어 사진기 셔터를 누르기 시작했다. 흔히 볼 수 없는 동물들, 활기 넘치는 사람들의 표정을 담았다.

한참 사진을 찍고 있을 때, 누군가가 다가왔다. 건장한 청년이었는데 카메라를 들고 있는 내 손목을 갑자기 잡았다. 단호하게 말하고 그의 손을 뿌리치고 싶었지만, 당시 내가 말할 수 있는 중국어는 얼마 되지 않았다. 그의 우렁찬 목소리 때문에 주변의 중국인들이 몰려들었고, 순식간에 시장에 있던 사람들이 나를 에워쌌다.

그가 말하는 중국어 중에 내가 알아들을 수 있는 단어는 '르뻔'뿐이었다. '일본'이라는 뜻이다. 이곳에 오기 전에 읽었던 난징 역사가 떠올랐다. 난징 대학살. 나의 옷과 카메라 모두 일본 브랜드여서일까? 그가 오해하고 있다는 생각이 들었다. 내가 누구인지 알려야 했다.

나는 그에게 침착하게 말했다. "워쓰 한궈른, 워쓰 한궈른!(나는 한국인입니다!)" 난징의 역사에 대해 알고 있고, 나의 나라도 일본으로부터 상처 입은 역사가 있다는 마음을 담아 말했다. 내 목소리에 그들을 진심으로 생각하는 마음이 묻어났을까? 그들을 위로하고 싶은 나의 눈빛이 전해졌을까? 그는 나의 손목을 놓아주었다.

당시 나의 마음은 침착했고 난징의 가슴 아픈 역사가 내 안에 들어와 있었다. 만약 그들의 역사를 알지 못한 채 두려움을 느끼고 섣불리 움직였다면 어떤 사고로 이어졌을 것이다. 어쩌면 위험은 내 안에서 비롯될 수 있었다.

호텔에 돌아와 그들의 역사를 다시 한 번 들여다보았다. 비행기 안에서 동료가 말했던 이야기가 떠올랐다. '난징에서는 일본 사람과 개는 절대 택시에 태우지 않는다.' 그들이 왜 그토록 일본 사람들을 싫어하는지 알 것 같았다. 문득 이유 없이 죽은 수십만 명의 영혼이 난징 도시를 떠돌고 있다는 생각이 들었고, 귓가에는 사람들이 신음하고 절규하는 목소리가 들리는 것 같았다.

오래전 마키아벨리는 『군주론』에서 역사에 대해 "인간사란 과거에 존재했던 사람들에 의해 만들어졌고, 또 똑같은 열정에 따라 움직이게 될 미래의 사람들에 의해 만들어진다"라고 했다. 난징 도심 한가운데에서 일어났던 사건을 떠올리며 역사의 기억이 얼마나 중요한지 알게 되었다.

역사 앞에 깨어 있는 사람이 되길 바랐다. 그리고 내가 할 수 있는 역할이 무엇인지 생각하면서 끔찍한 역사가 반복되지 않기 위해 난징을 배경으로 이야기를 써 보기로 했다. '난징 골목 시장 가운데 있던 우물에 소설 속 주인공이 빠졌다면?'이라는 물음에서 이야기는 시작한다.

간신히 우물에서 빠져나온 주인공은 '난징 대학살'이 있던 과거 시간으로 온 자신을 발견하게 된다. 그리고 바로 눈앞에서 수많은 사람이 이유 없이 목숨을 잃는 상황을 목격한다. 주인공의 눈을 통해 인간이 얼마나 잔혹할 수 있는지, 일본이 난징에서 저지른 대학살이 역사에 어떻게 기억되어야 하는지 누군가에게 알리고 싶었다.

행운으로 연결되는 시작점

여행을 좋아하는 사람이라면 공항이 주는 설렘과 흥분을 잘 알 것이다. 그런 즐거운 감정을 가지기 위해서는 여유 있는 마음과 일찍 공항에 도착하는 것이 필요하다. 그렇지 않았을 때는 여행 첫날부터 꼬이는 경우가 많다.

직장인 대부분은 해외여행을 떠나기 위해 금요일을 주로 선택하고 월요일부터 부서의 갖가지 주어진 일을 저마다 최대한 열정을 끌어 올리려고 애를 쓴다. 유럽 여행을 처음 갔을 때나도 그랬다. 여행지는 터키(튀르키예)였다. 동료 직원들과 함께가기로 했는데, 설렘을 오랫동안 누리고 싶은 나는 가장 먼저 인천공항에 도착했다.

출국 수속을 진행하는 직원들의 얼굴은 환한 표정이다. 얼마나 훈련을 받으면 낯선 사람에게 저렇게 밝은 웃음을 지을 수 있을까? 그들의 눈을 마주치면서 즐거운 마음으로 인사했다. 내 차례가 다가오고 있어서 지갑 속에서 여권을 꺼내려고 했는데, 아뿔싸! 여권이 만져지지 않았다.

수속 직원이 내 이름을 부를 때까지 모든 주머니를 뒤졌는데 그 어디에도 없었다. 여권을 보여 달라는 직원 목소리가 들리는 순간, 그제야 여권이 어디에 있는지 떠올랐다. 집에 있는 프린터기에 여권을 두고 온 것이다.

여권 사본 쪼가리가 내 손에서 한심하게 쳐다보고 있었다. 온갖 핑계를 찾다가 어제 나에게 중요한 보고서를 제출하고 가라는 팀장 얼굴이 떠올랐다. 내심 팀장이 원망스러웠지만, 상황은 달라지지 않았다. 단 한 번뿐인 비행기였고, 출발하기까지 두 시간이 남아 있었다. 그나마 공항에 일찍 도착해서 다행이었다.

지금 상황을 어떻게 풀어야 할지 답답했다. 시간은 야속하게 빠르게 흘러갔고 직원은 적어도 출발 10분 전에 탑승해야 한다고 냉정하게 말했다. 그때 떠오른 단어가 '퀵 서비스'였다.

일상에서 자신을 위해 일하는
시간이 얼마나 될까?

하지만 프린터기의 여권을 어떻게 전달받아야 할지 깜깜했다. 집에는 아무도 없었다. 가족들도 모두 집을 비운 상황이었다. 이를 해결할 만한 지인들을 떠올리면서 몇몇 전화를 했으나 금요일 저녁이라 한가하게 집에 있는 사람이 아무도 없었다.

마지막 희망으로 집 근처에 사는 대학 동기에게 전화했지만, 그녀 역시 집에 없다고 하는 것이 아닌가. 모든 희망이 사라져 버렸다. 아무것도 할 수 없는 나는 인천공항 천장을 한참 동안 바라보았다.

하는 수 없이 수속 직원에게 이번 탑승은 어렵겠다고 말을 꺼내려는 찰나였다. 조금 전 통화했던 대학 동기에게서 전화가 왔다. 남편이 야근하고 집에 가는 길이라면서 기다리라고 했다. 천만다행이었다. 그녀 남편의 도움으로 집 안에 있던 여권은 퀵 서비스 통해 내게 달려오고 있었다.

그러나 금요일 저녁 퇴근 시간인데 얼마나 막히겠는가? 퀵 서비스 직원과 통화했지만, 수원에서 인천공항까지 탑승 시간 내 도착하는 것은 불가능하다는 답변이었다. 수속 직원이 다가와서 재촉한다.

"여권은 아직인가요? 시간이 얼마 남지 않아서요."

"다음 비행기는 어떻게 되나요?"

"내일 출발하는 비행기가 있지만 자리가 있는지 확인해야 해요."

지금 이 비행기를 타지 못하면 공항 벤치에서 자야 하는 신세였다. 애써 열패감에서 벗어나고 싶었지만 입술은 바짝바짝 말라 가고 있었다. 그 와중에 직원에게 물어보았다.

"저처럼 공항에서 퀵 서비스 부르는 바보가 있었나요?"

직원은 망설이지 않고 대답했다.

"하루에도 수십 명이에요."

지금도 미스터리이지만 퀵 서비스 차량이 어떻게 금요일 퇴근 시간을 뚫고 수원에서 인천공항까지 한 시간 만에 도착했는지 궁금하다. 두 배의 비용을 주겠다는 약속 때문인지, 아니면 누군가 인천공항의 시간을 천천히 흘러가게 바꿔 놓았을까? 다행히 출발 시간에 맞춰 도착한 퀵 서비스 덕분에 비행기에 올라탈 수 있었다.

다만 좌석의 위치가 바뀌었다. 비행기 중간 문 옆 좌석이었다. 서둘러 자리에 앉은 나는 그제야 안도의 한숨을 내쉬었다. 옆자리에는 덩치 큰 근육질의 군인이 있었고, 한국인으로 보이는데 군복에 'USA' 마크가 선명하게 찍혀 있었다. 그의 큰 체격으로 양팔을 오므리고 불편하게 앉아야 했지만, 비행기를 탄 것만으로도 얼마나 감사했는지 모른다.

비행기가 높은 상공으로 오르자, 기내식 카트가 다가왔다. 중간 좌석에 앉아 있던 나는 고개를 돌리면서 미군의 얼굴에 깊게 팬 상처를 보게 되었다. 나란히 식사를 하면서 그 상처에 대해 물었다.

"어디서 복무하십니까? 전투 중에 얼굴을 다치셨는지요?"

그는 환한 미소를 지으며 미국으로 입양된 한국인이라고 자신을 소개했다. 아프가니스탄에 파견된 미군이며, 얼마 전 전투에서 파편이 스친 자국이라고 했다. 한국을 방문하게 된 건 작년에 어렵게 찾은 부모를 만나게 되었다고 한다.

"부모님을 만나게 되어 얼마나 기쁜지 몰라요. 전투에서 파편이 비껴간 행운을 부모님에게 드리고 싶습니다."

그의 말에 눈시울이 뜨거워졌다. 그는 이어서 그 당시 전투 상황을 상세히 전해 주었다.

"동료가 쓰러지는 순간, 이성을 잃고 뛰쳐나가려고 했어요. 그때 날아온 파편이 저의 얼굴을 스치고 지나갔어요. 부모님 얼굴이 떠올랐고, 꼭 살아서 돌아가야겠다는 생각이 저를 붙잡았어요."

부모님 사진을 보여 주는 그의 얼굴에는 미소가 가득했다.

그가 낯선 나라에서 누군가를 얼마나 그리워하고 가슴 아파했는지 가늠할 수 없었지만, 바로 이 순간 행복한 미소를 지으며 여기 이렇게 있다는 사실만으로도 그는 감사하다고 했다. 터키까지 가는 동안 그와의 대화는 끊임없이 이어졌다. 문득 내가 만약 정상적으로 티켓을 발권했다면 그를 만날 수 있었을까? 라는 생각이 들면서 실수가 가져다준 인연이 또 하루를 어제보다 아름답게 해 주었다.

하루를 살아도
그날처럼

터키 여행에서 가장 손꼽아 기다린 날이었다. 열기구를 타고 하늘 높이 올라가는 날. 전날 저녁까지 비가 내려 열기구를 띄우기 힘들 거라고 예상했지만, 새벽녘에 비가 그쳤고, 가능하다는 연락을 받을 수 있었다.

열기구가 있는 곳까지 가는 도중에도 놀이 기구를 타기 위해 기다리는 어린아이처럼 두근거림이 멈추지 않았다. 그곳에 도착하자 어두웠던 하늘에 붉은 여명이 보이더니 순식간에 구름을 붉게 물들였다. 열기구마다 하나 둘 에어가 채워지고 거대한 풍선 거인들이 육중한 몸을 일으켜 세우고 있었다.

드디어 열기구에 오를 시간이 다가오자 세계 각국의 관광객이 모여들었다. 다양한 색상의 기구는 강력한 불꽃을 빨아들이면서 공중으로 뜨기 시작했다. 관광객은 추운 새벽 공기도 잊은 채 가만히 타오르는 불꽃들을 지켜보았다. 기구 하나에는 15~20명 정도 탈 수 있었다.

우리 일행이 타는 열기구는 파란색 빨간색이 어우러진 격자무늬였다. 사람들은 기구 앞으로 모여 추운 몸을 녹였다. 여러 사람이 있었지만, 특별히 눈길이 가는 이는 비니를 쓴 중년 여자였다. 그녀는 창백하고 야윈 얼굴이었고, 비니 아래 머리카락이 전혀 보이지 않았다. 항암 환자가 아닐까 짐작되었다. 그녀 어깨에 손을 올려놓은 남편은 이제 막 선에든 지긋한 연인처럼 아내를 사랑스럽게 바라보며 간혹 어깨를 힘 있게 감싸 주었다. 나는 부부의 모습을 한동안 바라보았다.

열기구가 출발하기 전에 가이드는 간단한 아침과 진한 커피를 건네주었다. 식사를 마치고 차례로 올라타기 시작했는데, 기구 드라이버는 영국인이었다. 특유의 악센트가 기구의 투박한 불꽃 소리와 잘 어울렸다. 승객에게 간단한 인사를 나눈 드라이버는 불꽃 레버를 힘차게 당겼다. 기구가 땅에서 가뿐하게 뛰어오르더니, 순식간에 붉은 하늘로 올라갔다.

비행기가 이륙하기 위해 땅 위를 달려갈 때 느껴지는 진동이나 가슴 떨림은 전혀 없었다. 마치 누군가 하늘에서 열기구를 잡아 올린 것처럼 순간 이동하는 것만 같았다. 먼저 올라간 기구와 나란히 떠오른 기구들이 넓은 하늘을 하나씩 채워 가는 모습이 장관이었다. 만약 100개의 기구라면, 2천 명 가량의 사람들이 일제히 하늘에 오른 셈이다. 우리가 탄 기구가 구름 사이로 올라왔을 때, 하늘은 온통 열기구로 뒤덮여 있었다.

구름이 바로 위에도 있었고 아래에도 있었다. 우리는 모두 희귀한 암석 모양의 카파도키아를 내려다보면서 날아갔다. 눈앞에 펼쳐진 풍경에 승객들은 하나같이 탄성을 질렀으며, 쉴 새 없이 카메라 버튼을 눌렀다.

문득 열기구가 저 아래 계곡으로 내려가면 좋겠다는 상상했는데, 드라이버가 내 생각을 읽었는지 어느새 계곡 아래로 천천히 내려가기 시작했다. 그것도 땅에 맞닿을 정도로 내려갔고, 오래전 탄압을 피해 그리스도인들이 숨어 살았다는 동굴 내부를 들여다볼 수 있었다.

그리고 잠시 뒤 바위틈에 핀 꽃들을 바라볼 수 있게 한동안 기구가 멈추어 있었다. 힘겹게 살아가는 우리 모습이 아닐까? 나는 바위 틈새로 얼굴을 내민 꽃들 향해 손을 흔들었고, 잔바람에 꽃들이 가늘게 흔들리고 있었다.

열기구는 천천히 다시 떠올랐다. 다른 기구와 부딪칠 뻔한 아찔한 순간이 있었지만 별일 없이 각자의 하늘을 찾아 날았다. 짙은 구름에 가려 태양이 떠오르는 광경은 볼 수 없었지만, 구름 틈으로 쏟아지는 붉은 햇살은 온몸으로 스며들었다. 햇살이 쏟아지는 구름 중심에 이르렀을 때, 나는 천국에 도달한 것만 같았다.

문득 맞은편에 서 있던 중년 부부의 모습이 구름 위로 얼굴을 내민 태양과 함께 내 눈에 들어왔다. 어깨를 감싼 남편의 손등에 아내의 손이 포개졌고, 한 손으로 태양을 가리키고 있는 모습이 그림 같았다. 천국으로 가려는 아내를 배웅 나온 남편의 모습이었다. 그리고 화답이라도 하듯 천사들이 마중 나오면서 짙은 구름을 걷어 내고 아름다운 천국의 모습을 보여 주고 있었다. 남편은 아내의 어깨를 꼭 감싸 안으며, 머리에 입을 맞추었다. 자연이 만들어 낸 그 어떤 풍광보다 가슴 뭉클한 장면이었다.

하루를 살아도 그날처럼 사랑하는 사람과 살고 싶다. 마치

천국 문 앞에 있는 듯한 중년 부부을 위해 기도했다. 두 사람이
마지막 순간까지 즐겁고 행복한 순간을 함께하길. 그리고 아내
가 기적처럼 질병에서 회복해서 다시 이곳에서 열기구를 탈 수
있기를 기도했다.

나를 위해
일하는 시간

우리가 일상에서 자신을 위해 일하는 시간이 얼마나 될까?
잠시 SNS를 하면서 나와 누군가의 일상을 연결하고 공유하는
시간은 과연 나를 위한 시간일까? 시간이 갈수록 SNS가 너무
많은 불안으로 연결되어 간다.

잠시라도 SNS를 하지 않으면 더 불안해지는 자신을 발견하
곤 한다. 문자나 메일을 보냈거나 SNS 계정에 새 글을 올리고
나면 계속해서 답장이나 댓글을 확인하고 싶어진다. 아마 제때
확인하지 못해 실수했거나 상처를 입었다면 더 확인하려 든다.
마치 신경쇠약에 걸린 환자처럼 말이다.

우리는 이런 일상에서 벗어나 온전히 나를 위해 일하는 시

간을 가져야 한다. 내가 생각하는 '나를 위해 일한다'는 것은 일
상의 흐름에서 벗어나 마음이 향하는 곳으로 먼저 떠나는 것이
다. 그리고 그 공간에서 내면의 나를 만나 대화하고, 자연에 나
를 마음껏 풀어놓고 노는 것이다.

라오스 므앙펑, 수도 비엔티엔에서 북서쪽으로 130킬로미
터 떨어진 곳이다. 책과 글을 좋아하는 사람들과 그곳을 찾았
다. 지인의 소개로 호주 할아버지가 지어 놓은 별장에 함께 머
물렀다. 그 집의 이름은 어메이징 하우스(Amazing house).

국내 여느 시골 마을처럼 소박한 풍경이면서, 동시에 판타
지 영화에서나 느낄 법한 신비로움이 숨겨져 있었다. 그곳에
도착해서 집으로 걸어가는 길에는 작은 구름다리가 있었다. 이
다리를 건너는 순간, 미지의 세계로 들어선 느낌이었다.

어메이징 하우스 가까이에는 유유히 강물이 흐르고 있었
고, 강물 건너편에는 발길이 닿지 않는 자연이 펼쳐졌다. 우뚝
솟은 바위산과 그 아래 짙은 수목들이 아름다운 초록을 뽐내
고, 물소들이 풀을 뜯는 모습이 보였다.

우리는 자연에서 오감을 열어 놓았다. 신발을 벗고 강가를
거닐거나 큰 나무 그늘에 앉아 낮잠을 자기도 했다. 숲속을 걸
으며 노래를 불렀고, 신이 나면 발걸음이 춤을 추며 걸었다. 마

치 내 안의 '그리스인 조르바' 형님을 꺼내 놓은 것 같았다.

이곳의 시간은 느리게 흘러갔다. 내 마음이 흘러가고 싶은 속도에 맞춰 강물과 구름도 느리게 흘러갔다. 내 마음이 어떤 시간으로 흘러가고 싶은지 비로소 알 수 있는 시간이었다. 낮의 시간보다 밤의 시간은 더 천천히 흘러갔다. 낮보다 밤이 더 아름다웠기 때문이었다.

밤하늘이 이렇게 밝게 보인 것은 처음이었다. 별빛이 어둠보다 많은 밤하늘이었다. 우리는 돗자리를 펴고 누운 채 별빛의 움직임을 보았다. 내 인생에서 별처럼 환하게 빛나던 장면도 지나고 별 사이의 어둠처럼 힘들었던 장면도 지나갔다.

어떤 별과 별은 서로 기대어 있는 듯했다. 별빛은 내가 보고 싶은 대로 밝게 빛나기도 하고 희미하게 빛나기도 했다. 내가 느끼고 싶은 대로 밤하늘을 움직이며 나를 따뜻하게 안아주었다. 아름다운 밤하늘에 수놓은 내 마음의 보석들을 마음 사진기로 찍고 또 찍었다.

새벽에 일어나 신발을 벗고 강물을 건넜다. 미지의 세계로 천천히 발걸음을 내디디고 있었다. 라오스 므앙평의 원주민이 사는 마을을 향해 걸었다. 오래전 중국의 난징 골목에서 경험했던 불안한 기억이 떠올랐으나 강물을 건너면서 흘려보냈다.

천천히 나의 환한 미소와 부드러운 손짓을 믿으며 걸어갔다.

누군가 마주칠 때마다 미소와 손짓으로 인사했다. 그들은 오랫동안 살았던 사람처럼 대해 주었고, 나 또한 발을 내디딜 때부터 마음의 고향처럼 다가왔다. 강을 건너고 숲속을 지나면서 길게 이어진 마을 길은 고향 길 같았다. 나와 마주하는 사람마다 모두 환한 웃음을 선물해 주었다.

마을 끝자락에는 아이들이 다니는 학교가 보였다. 아이들의 웃음소리가 마음을 더 푸근하게 했다. 아이들을 하나하나 안아 주고 싶었는데, 그들이 더 큰 포옹으로 나를 감싸 안는 것을 알게 되었다. 이곳을 오기 위해 지나온 강물이 그랬고, 숲속이 그랬다. 그리고 이 마을의 모든 생명이 나를 안아 주고 있었다.

마을을 돌아 나온 나는 큰 바위산 아래 논두렁을 걸었다. 어느덧 눈앞에는 천 년쯤 되어 보이는 거대한 나무가 손짓했다. 하늘 높이 뻗는 나뭇가지도 인상 깊었지만, 땅속으로 뻗어야 할 뿌리가 땅을 뚫고 힘센 근육처럼 올라와 있었다.

굵은 뿌리 사이에 앉아 손을 얹고 잠시 눈을 감았다. 손끝으로 전해지는 나무의 숨결. 차가웠지만 천천히 온기가 느껴지는 것이 아닌가. 나무의 생명이 말을 거는 것 같았다. 나와 나무가 하나로 연결되는 순간이었다. 세상 구경을 하고 싶어 하는 나무의 마음을 안다는 듯이 나는 천천히 일어나라고 속삭였다. 같이 걷자고 했다. 그리고 나무에 걸터앉아서 구름에게 말했다.

"어제 황홀한 밤하늘을 보게 해 줘서 고마웠어. 어디에 가더라도 이곳의 아름다운 풍광을 기억할게."

잠시나마 미지의 세계, 상상의 세계로 다녀온 내 마음은 풍요로웠다. 함께 온 지인들도 각자의 방식대로 자연에 자신을 온전히 풀어놓았다. 어떤 이는 소파에 앉아 강가에 핀 꽃들의 모습을 그렸고, 어떤 이는 나무 의자에 앉아 지나가는 구름을 보며 자신의 이야기를 써 내려갔다. 어떤 이는 이곳의 아름다운 풍광을 담기 위해 카메라 셔터를 누르고 있었다.

모두 자신만의 공간에서 불안이라는 연결을 끊고 오늘을 살아가고 있었다. 그리고 햇빛이 꽃봉오리에 햇살을 골고루 스며들게 해 꽃을 피우는 듯이 스스로 불안에 지친 마음을 감싸 안았다. 내면의 자아가 꽃을 피워야 비로소 누군가에게 아름다운 향기를 전할 수 있다는 것을 이곳에서 함께한 사람들은 알고 있었다. 이 집의 이름처럼 우리는 어메이징(Amazing)한 하루를 보냈다.

내면의 자아가 꽃을 피워야 비로소
누군가에게 아름다운 향기를 전할 수 있다.

행운을 불러오는
비밀

영혼의 베프가 살고 있는 베트남을 자주 찾게 된다. 일하다가 몸과 마음의 에너지가 고갈되면 친구 집에서 잠시 휴식을 한다. 신기하게 새 힘을 얻어 돌아오곤 하는데, 1년간 지낼 에너지를 충전하는 기분이었다. 친구가 회사 일로 바쁜 날들에는 출퇴근 시간을 활용하고, 나머지 시간에 나 혼자서 휴식을 취하곤 한다.

여행 첫날에는 내 영혼의 에너지가 소진된 것을 신이 알기라도 한 것인지 꼭 실수를 하곤 한다. 특히 베트남 여행 첫날 그랬다. 아무리 긴장하고 조심해도 예정된 실수는 빗나가지 않았다. 엉뚱한 택시를 타서 돈을 잃어버리거나 화장실에 지갑을 놓고 나와서 돈을 잃어버리기도 했다.

여기까지 말하고 싶다. 결국 여행 첫날에 행운의 여신에게 선물을 드려야 되는 운명으로 받아들이게 되었다. 그래서 마음을 비우고 '비용 일부는 나의 것이 아니다'라고 생각하며 넉넉한 마음으로 여행을 떠나게 되었다.

세 번째 베트남 여행에서 경험한 일이었다. 엉뚱한 택시를 타서 돈을 잃어버렸을 때였다. 호텔에 도착하고 너무 황당하고 억울해서 잠을 제대로 못 자고 일어난 새벽이었다. 어디선가 익숙한 똥 냄새가 나서 호텔 창문을 열었다. 호텔 입구에 똥 푸는 정화조 차가 호텔 지하에 정화조 호수를 연결해서 똥을 푸고 있었다. 오래전에 정화조 차를 타고 다니던 추억이 떠올라서 나도 모르게 웃음이 나왔다.

그 당시 나는 말도 안 되게 엉뚱한 생각을 하고 다녔다. 내가 타고 다니던 정화조 차는 사람들의 똥을 싣고 다니기 때문에 행운을 싣고 다닌다고 생각했다. 주변의 사람들이 나를 쳐다봐도 행운을 선물하는 사람이라고 생각하면서 일했던 적이 있었다.

나는 호텔 1층으로 내려갔다. 새벽 시간이어서 정화조 차 주변에 서 있는 사람은 나 혼자였다. 사람들의 시선을 피해 정화조 차량은 늘 새벽에 움직였다. 기사 아저씨는 지하에 내려가서 보이지 않았다. 나는 베트남 정화조 차량은 어떻게 생겼는지 유심히 쳐다보았다. 한국 정화조 차의 절반 정도 크기였다. 그리고 차량 색깔도 한국은 초록색이지만 베트남은 푸른색이었다.

하지만 똥 냄새는 어디서나 똑같았다. 분뇨 폐수처리장에서 일할 때 여고에서 정화조 차량이 들어온다고 해서 냄새가 다를 줄 알았는데 똑같았다. 문득 그 당시 나는 왜 정화조 차가 행운을 가져다준다고 생각했는지 잘 떠오르지 않았다. 아마도 그렇게 믿고 싶었던 것 같다. 사람들의 시선이 부담되고 싫어서 그렇게 생각하면 마음이 편할 것 같았던 모양이다.

운전기사 아저씨가 지하실에서 올라왔다. 지하에 배관 연결을 마치고 차량에 있는 펌프를 동작시키려고 준비하고 있을 때였다. 주변에 사람들이 하나둘씩 지나가며 쳐다보았다. 나는 오래전 배관 연결이 여의찮아 똥물이 분수처럼 쏟아진 때를 떠올렸다. 하지만 베트남 기사님의 능숙한 동작을 보아하니 그런 상황은 일어나지 않을 것 같았다.

마음 편히 기사님과 주변 사람들을 위해 마음으로 기도했다. 오래전 내가 그랬듯이 행운의 정화조 차를 운전하는 기사님과 그것을 보고 있는 사람들에게 신의 축복과 행운이 함께하기를 기도했다. 그 당시에 지금의 나처럼 누군가가 나를 위해 기도했으리라고 생각했다. 운전기사 아저씨와 눈이 마주치자 나는 환한 미소와 함께 손을 들어 엄지손가락을 치켜세웠다. 어제 내가 겪었던 불행이 조금씩 행운으로 연결되는 기분이 들었다.

지금까지 살아온 삶을 돌아보면 전화위복의 시간이었다. 고군분투한 후에 얻어지는 놀라운 기쁨이랄까. 행복과 불행은 간혹 쌍둥이처럼 연이어 다가오곤 해서 살 만한 세상이었다. 불행은 행운을 기다리는 시간이라고 믿었다. 비록 외롭고 힘겨운 때일지라도 언제나 그랬듯이 사랑하는 존재로 거듭날 수 있었다. 어쩌면 찾아온 불행은 너의 삶을 사랑하라는 신의 축복일지도 모른다.

그날 이후 여행에는 행운의 여신이 함께했다. 식당 종업원의 환한 미소에도, 호치민 도서관 사서의 친절에도, 전쟁 박물관에서 만난 장애 아이의 해맑은 웃음에도 행운의 여신이 미소지었다. 친구와의 대화가 깊어지면서 왜 그동안 내가 힘겨웠는지 알게 되었다. 신(神)이 닫혀 있던 마음을 활짝 열기 위해 실수를 선물하셨나 보다.

잠시 멈춰야
보이는 꽃

둘째 아이는 나를 똑 닮았다. 어릴 적부터 급하게 앞만 보고 달려가다 넘어지곤 했다. 어딘가에 부딪혀서 병원 응급실에 가서 수술한 것만 세 번으로 기억한다. 나도 초등학교 때 넘어져서 이마를 크게 다친 상처가 아직도 선명하게 남아 있다.

당시 돌에 부딪혀서 찢어진 이마를 손으로 붙잡고 집에 왔을 때, 피로 물든 나의 얼굴을 본 어머니의 표정을 지금도 잊을 수가 없다. 무엇 때문에 그렇게 앞만 보고 달렸는지 모르지만 그런 나를 붙잡아 준 고마운 분을 대학교에 가서야 만났다.

군에서 막 제대한 복학생 선배였다. 나와 달리 그는 시골에서 자랐고 말과 행동에서 항상 여유가 느껴졌다. 봄이 찾아온 길목에서 선배와 둘이서 길을 걷고 있을 때였다. 건널목에 초록 신호가 깜빡여서 습관처럼 뛰어가려고 했다. 그때 내 어깨를 붙잡고 선배가 말했다.

"천천히 가, 다음 신호에 가면 되잖아."

지금까지 서둘러 가는 나를 붙잡아 준 사람은 없었다. 선배는 환한 미소를 지으면서 건널목 주변에 핀 노란 개나리를 가리키면서 말했다.

"신기하지 않니? 이렇게 봄이 오면 약속이나 한 것처럼 꽃을 피우는 모습이 정말 신기해."

도시에서 자라서 그 흔한 꽃 이름도 몰랐지만 그렇게 가까이에서 꽃을 바라본 적도 없었다. 계절의 변화에 따라 주변의 환경이 바뀌는 것도 모르고 살아온 나였다. 처음으로 꽃이 나의 눈에 들어왔다. 주변의 꽃들에도 시선이 옮겨졌다.

나도 꽃이 피는 모습이 신기했지만, 신호가 벌써 세 번이나 바뀌었는데도 건너지 않는 선배의 모습이 더 신기했다. 선배는 한동안 꽃을 관찰하다가 내가 불편하게 서 있는 것을 의식했는지 다가왔다.

"나는 신호를 맞춰서 가는 것이 잘 안돼. 세상에 신기한 게 많아서 신호를 놓치곤 해."

가을이 왔을 때, 선배는 코스모스꽃에 대한 신비로운 사실을 알려 주었다. 코스모스는 내가 유일하게 알고 있는 꽃 이름이었다. 가을이 되면 길가에 피어나 바람에 살랑살랑 흔들리는 꽃이어서 자주 보았다.

선배는 코스모스꽃 가까이에서 꽃잎 가운데에 촘촘히 박힌 꽃술을 보며 말했다.

"코스모스꽃은 우주야. 꽃잎 가운데 수많은 별이 있잖아, 신비롭지?"

선배 말처럼 꽃잎 안쪽에 수많은 별이 하늘을 바라보며 질서 정연하게 모여 있었다. 밤하늘에서만 볼 수 있었던 별이 코스모스꽃에 내려와 있었다.

'코스모스'라는 꽃 이름도 그리스어로 '우주'라고 선배는 말했다. 지금까지 흔하게 보았던 꽃이 수많은 별을 품은 우주였다는 사실에 놀라움을 넘어 신비로웠다. 세상에 이렇게 신기하고 신비로운 것이 많은데 앞만 보며 뛰어왔었다. 얼마나 많은 것을 놓치면서 살아왔는지 나는 선배를 통해서 알게 되었다. 그리고 잠시 멈추고 주변을 둘러보면 숨어 있는 보석을 발견할 수 있다는 사실을 알려 준 선배가 고마웠다.

지금도 건널목에 서면 선배 생각이 나서 여유를 가지고 주변을 둘러보곤 한다. 꽃을 찾아보거나 다른 신기한 것이 있는지 둘러본다. 아무것도 발견하지 못하면 건너편에 서 있는 사람들의 모습을 쳐다보곤 한다. 사람들의 표정이나 옷차림을 보면서 공감이 가는 부분을 발견하면 마음이 편안해진다. 그러다가 신호를 놓쳐도 다음 신호를 기다리는 여유가 나에게 있다는 것에 스스로 놀랍고 대견스러워진다.

내가 가진 마음의 여유를 둘째 아이에게 알려 주고 싶지만 잘 되지 않는다. 아이는 부모가 늘 하는 잔소리로 생각하기 때문이었다. 내가 그랬듯이 부모가 아닌 책이나 타인을 통해서 느낄 수 있을 것 같았다.

하지만 세상이 신기한 것으로 가득 차 있다는 사실은 아이에게 알려 주고 싶었다. 아이와 함께 산길을 걷다가 코스모스 꽃 보았을 때 꽃 속에 숨겨진 별보석을 보여 주었다. 핸드폰 사진기가 좋아서 가까이 가서 보기보다 사진을 찍어서 확대했다.

그리고 아이에게 보여 주었을 때 20년 전 내가 놀랐던 것처럼 똑같은 표정으로 신기해했다. 아이가 신이 나서 주변에 있던 다른 꽃에 관해 물어보았지만 나는 갑자기 꿀 먹은 벙어리가 되었다. 그때 마침 지나가던 할아버지가 다가와서 아이의 궁금증을 풀어 주었다.

"이 꽃은 아카시아인데 줄기에 뾰족한 가시가 있어서 찔리면 '앗, 가시잖아'라고 해서 이름이 아카시아야. 이 꽃 이름은 절대 까먹지 않겠지?"

할아버지가 아이에게 설명하는 모습을 보면서 나는 오래전 선배의 얼굴이 떠올랐다. 세상은 이렇게 수많은 인연이 연결되고 다시 이어지고 순환되고 있었다. 꽃이 계절의 변화에 따라 어김없이 꽃을 피우는 것처럼 인간의 인연도 세대를 관통하며 이어졌다. 아이 혼자 세상을 어떻게 살아갈까? 이런 생각은 부모를 불안하게 하고 어리석게 만드는 순간이었다.

자주 가는 커피숍에서도 머리가 복잡할 때 멍때리기를 한다. 바깥 풍경을 보거나 사람들의 일상을 보고 있으면 긴장이 풀리고 여유로워진다. 잠시라도 주변과 공감하다 보면 평안이 찾아오기 때문이다.

봄기운이 완연한 풍경은 바라만 보아도 마음이 훈훈하다. 문을 열고 나가 나뭇가지에 핀 새순을 보고 있으면 처음 꽃에 대해 신비로움을 느꼈던 그 시간으로 되돌아간다. 올가을, 1년에 한 번씩 우주에서 지구로 내려온다는 별을 기다리며, 꼭 소원을 빌어야겠다.

마음에 불빛을
밝히다

몹시 추운 겨울이었다. 몸살감기로 병원을 찾았다. 1층 엘리베이터가 열려 있는 것을 보며 발걸음을 재촉했다. 떨고 있는 몸을 따뜻하게 녹이고 싶은 생각이 간절했다. 하지만 문이 닫히자 아쉬워하며 천천히 걸었다.

내 마음을 알았을까? 엘리베이터 문이 다시 열렸다. 할머니께서 엘리베이터 열림 버튼을 눌러 주었다. 얼마나 고마웠던 지 나는 엘리베이터 들어가자마자 감사하다는 말과 함께 환한 미소를 지었다. 할머니도 밝은 표정으로 반기며 몇 층에 가냐 고 묻고 5층을 눌러 주었다. 할머니는 내가 양손에 무거운 짐을 들고 있는 것을 놓치지 않았다.

우리는 잠시 멈춤을 통해 내면의 불빛을 타인에게 내어 준 다. 열림 버튼을 누르는 순간 내면에는 배려, 존중, 사랑의 불빛 이 켜진다. 그 불빛은 닫혀 있던 타인의 내면을 환하게 밝혀 준 다. 만약 타인에게 불안한 감정이 있었다면 잠시나마 편안하게 해 줄 것이다.

내가 먼저 문을 열었을 때도 마찬가지이다. 누군가 뒤따라 오면 잠시 멈추고 문 손잡이를 잡아 준다. 함께 일하는 외국인 동료는 이런 문화를 신기하다고 한다. 나는 한국 문화는 잠시 멈추고 타인을 위해 따뜻한 불빛을 건네주는 데 익숙한 편이라 고 말해 준다.

우리는 자신을 향해 열림 버튼을 누르는 것에 인색하다. 대 부분 시간이 지나면 별일이 아니거나 충분히 극복할 수 있는 일인데도 공연히 불안해져서 힘들게 느끼기도 한다. 긍정의 마 음뿐 아니라 부정의 마음이 공존하기 때문이다.

불안하고 두려운 마음이 앞설 때 뒤따라오는 여유와 평안을 위해 열림 버튼을 꾹 눌러 주면 어떨까. 외로움과 우울한 마음이 앞서갈 때 뒤따라오는 사랑과 기쁨이 함께 갈 수 있게 문 손잡이를 꼭 잡아 주면 어떨까. 그리고 말해 보자.

"함께 갈 수 있게 멈춰 줘서 고마워."

어쩌면 상반된 두 마음이 가고자 하는 목적지가 다를 수 있다. 하지만 함께 가는 동안 마음이 따뜻해지고 목적지로 나아갈 수 있다. 이러한 일상의 멈춤은 타인과 나를 향한 열린 마음이다. 마음의 열림 버튼을 누를 때마다 긴장이 풀리고 기분 좋은 감정들이 내 안으로 들어온다. 감정의 균형이 맞춰지면서 환한 불빛이 켜진다. 마음의 균형은 주변을 공감하게 한다.

감정의 균형이 맞춰지고 공감한 이야기는 아름다운 추억으로 남는다. 그렇지 않고 부정적인 감정에 치우친다면 무의식 속에 힘들게 하는 기억으로 남아 있다. 우리는 흔들리는 존재이다. 불안은 무의식적으로 떠올려지기도 하고, 갑자기 사라지기도 한다. 불안으로 실패를 경험했다면 더욱 가중되기도 한다.

일상에서 벗어나 캠핑을 떠나면, 해 질 녘 은은한 랜턴 불빛이 마음에 평온을 가져오기도 하고, 모닥불을 보며 불멍하면서 힐링을 선물받기도 한다. 랜턴에 별 모양의 케이스를 씌우면 텐트 안은 온통 우주를 가져다 놓은 듯하고, 천사 모양이라면 텐트 안이 천국 같지 않을까?

우리는 언제라도 불빛을 밝힐 수 있는 존재이기에 어떤 불빛을 비출지 선택하면 된다. 불안이 흔들어도 내 안의 불빛은 변함없이 사랑스럽고 아름다울 수 있다. 우리는 내적 멈춤을 통해 나와 타인을 향해 마음의 문을 열어야 한다. 그 순간은 신이 인간에게만 허락한 공감의 시간이다.

『인간의 대지』를 쓴 생텍쥐페리는 말한다. 세월이 흐르는 동안 인간은 근심을 알게 된다고, 또 세월은 사람으로 하여금 바람과 별들과 밤과 모래와 바다와 접촉하게 만들고, 동산지기가 봄을 기다리듯 새벽을 기다리게 만든다고, 언약한 땅처럼 기항지 비행장을 기다리고 별들에게서 자기의 진리를 찾게 만든다고.

이렇듯 공감과 교감의 비밀을 알게 된 우리는 사막 한가운데 불시착하고 끝없이 펼쳐진 사막을 홀로 걷는다고 해도 불안하지 않을 것이다. 인간은 끊임없이 근심거리를 안은 채 살아가기 마련이다. 그럴수록 잠시나마 멈추고 자연과 교감하면 어떨까?

멈춤의 재발견을 위한 연습

1. 힘들고 지칠 때 위로의 문장을 눌러 써 보자. "괜찮아, 넌 최선을 다했어"라고!

2. 미래에 대해 잠시 거리를 두는 지금 이 순간 깨어 있기를 기도하자.

3. 오늘 하루 고마운 기억을 기록해 두자. 마음이 평온해지고, 감사할 일이 이어질 것이다.

4. 책을 읽다가 깨달음을 얻거나 감동할 때, 행과 행 사이의 공간에 마음이 물결치며 흘러가게 밑줄을 그어 보자. 내 마음의 긍정의 생각을 깨우게 된다. 순간 환해진 마음을 발견할 것이다.

5. 실수했을 때 행운이 나와 함께한다고 생각하자. 진정한 성장은 실수하는 순간부터 시작된다.

6. 우주에서 자신을 바라본다고 상상해 보자. '살아 있음' 그 자체가 환희이고 아름다운 모습이다.

7. 잠시 눈을 감고 내 안의 좋은 감정들이 세상에 번져 간다고 상상하자.

8. 의식의 흐름대로 생각하고 움직여 보자. 우연히 떠오른 생각이 기회로 이어지게 할 것이다.

9. 새로운 인생 트랙이 당신 중심으로 움직일 것이다. 눈이 마주치는 사람에게 환하게 웃는 것부터 시작해 보자.

10. 괴테가 남긴 명언을 들어 보자. "행복하게 살고 싶은가? 그럼 두 개의 가방을 들고 여행하라. 하나는 주기 위한 가방이고 다른 하나는 받기 위한 가방이다. 꽉 찬 가방은 남을 위한 것이고, 빈 가방은 남에 의해 채워지는 것이다."

11. 집을 나서기 전, 거울을 보면서 어린아이라고 생각하자. "나의 미소는 천만 불짜리~"라고 하면서 미소 짓자.

12. 내 앞에 있는 사람이 내 삶에서 가장 중요하고 귀한 존재라고 생각하자.

13. 도서관에서 오래된 고전 책을 빌리면 분명 누군가의 밑줄

을 발견할 수 있다. 내 마음도 가슴 뛰며 환해지는 좋은 문장인지 음미해 보자. 메모를 발견한다면 누군가의 깨달은 흔적을 만나는 축복이다. 내 마음의 불씨가 타오르게 될지 모른다.

14. 책이 잘 읽히지 않을 때는 책 위에 손을 올려놓고 눈을 감는다. 종이가 만들어지기 이전에 뿌리 깊은 나무를 떠올리며 그 나무에 기대어 책 읽는 자신을 상상해 본다.

15. 타인에게 무엇을 표현하기 전에 잠시 응축할 수 있는 시간을 갖자. 기도나 침묵도 좋다. 잠자던 영감을 만날 수 있다.

16. 하루 동안 맛있게 먹은 음식이 무엇인지 적어 보자. 어떤 마음으로 음식을 만들었는지 떠올려 보면서 감사한 마음을 가져 보자.

17. 자연의 소리를 눈을 감고 들어 보자. 감각이 깨어나 마음을 열어 줄 것이다.

18. 별일 아닌 일로 불안하거나 화가 날 때, 한 걸음 물러나 자신만의 시간을 가지자.

20. 아이가 실수했을 때 따뜻하게 안아 주자.

21. 오래전 찍은 영상을 보다가 기뻤던 장면에서 잠시 정지 버튼을 누르자. 불안하고 두려웠던 일상은 덧없지만 기쁨의

순간은 빛나고 있을 것이다.

22. 인생에 최선만 있는 것은 아니다. 차선 그다음 차차선이 무엇인지 써 보자. 새로운 기회가 다가온다.

23. 매일 산책하면서 건강한 마음의 근육을 키워야 한다. 긍정과 희망의 에너지가 들어온다.

24. 해피 엔딩이라는 믿음이 생겼다면 언제든지 잠시 멈춰 휴식의 시간을 누리자.

25. 이미 하나로 연결되어 있다는 믿음으로, 나와 마주치는 사람에게 미소 짓고 마음의 문을 열어 보자.

26. 매일 마음의 안테나를 세우고 사랑하는 사람을 위해 기도하자.

27. 사람을 대할 때 몸과 마음이 하나가 되어 마주해야 한다. 당신의 존재감과 경쟁력을 높이는 방법이다.

28. 불안해하는 친구가 있다면 그의 이야기에 귀 기울이자.

29. 가끔 우리 삶의 점검이 필요하다. 친구와 함께 여행을 떠나 보자.

30. 문득 은혜를 베풀어 준 사람이 생각난다면 안부를 묻자. 당신의 도움이 필요하다는 신호일지 모른다.

31. 지금 편한 삶을 살고 있다면 누군가 불편한 삶을 살아간다

는 것을 기억하자.

32. 가족과의 관계 회복은 내 삶에 미치는 영향이 크다. 아버지와의 관계 회복이라면 먼저 가서 안아 드려 보자. 분명 아버지가 나를 안아 준다고 느낄 것이다.

33. 닮고 싶은 사람이 있다면 누구인지 떠올려 보자. 분명 내 안에 그분의 능력이 잠자고 있어서 그 사람이 떠올려진 것이다. 당신은 그 사람보다 더 아름다운 사람이 될 수 있다.

34. 여행에서 특별한 인연을 만나면 그를 위해 축복과 행운의 기도를 하자.

35. 잠시 SNS를 벗어나 온전히 나를 위한 시간을 갖자.

36. 여행 첫날이나 첫 시험, 첫 만남에서 실수했더라도 실망하지 말자.

37. 건널목 앞에서 신호가 깜빡이면 멈추었다가 건너가자. 잠시 멈추는 습관이 소중한 보물이 될 것이다.

사랑하는 사람들과 함께 걷기

걷기를 좋아한다. 건강을 위해서 걷지만, 불쑥 다가오는 불안을 내려놓게 된다. 걸음걸이마다 마음을 내려놓으며 평안을 얻는다. 나는 흙이 좋다. 보이지 않는 흙의 생명을 얻을 것만 같다. 중국의 선승 임제 신사는 "기적은 물 위나 불 위를 걷는 것이 아니다. 기적은 이 땅을 밟고 걷는 것이다"라고 했다.

죽음을 마주했던 사고 뒤에 집에 돌아와 가장 하고 싶었던 것은 바로 땅을 밟고 걷고 싶었고, 지구라는 아름다운 별에서 한 걸음 한 걸음 걸어가는 기적을 느끼고 싶었다. 어느덧 오래전의 일이다. 지금은 사소한 불안이나 두려움 없이 사랑하는 사람들과 함께 손을 잡고 걷고 있다.

출판사에서 전화가 왔다.

"작가님, 홍대 앞에서 작가 사인회를 계획하겠습니다."

지금까지 유명 작가의 사인을 받기만 했는데, 믿기지 않았다.

'과연 꿈이 이루어진 것인가? 아니야, 사람들이 얼마 오지 않을
거야.'

사인회 시간이 다가올수록 초조해지기 시작했다. 드디어 사인
회 장소로 발걸음을 옮겼다. 일찍 도착한 나는 근처 커피숍 2층
창가에 앉았다. 두 시간 뒤에 있을 사인회 자리에서 독자들을 만
나야 한다. 가슴이 두근거렸다. 조금씩 사람들의 모습이 보이고,
커다란 현수막 옆으로 줄을 서기 시작했다. 그 순간 누군가에게
전화하고 싶어졌다. 스승이 가장 먼저 떠올랐다. 전화번호를 누
르자, 신호는 가는데 연결이 되질 않는다. 현장에서 느낀 감동을
전하고 싶었는데 아쉬웠다.

그때 출판사 담당자에게 전화가 왔다.

"모든 준비가 되었으니 내려오세요."

커피숍을 나와 야외 공터에 마련된 긴 탁자로 다가갔다. 사람들
이 웅성대고 있었다. 여기저기 카메라 불빛이 터지는 사이, 간단
한 인사를 마치고 작가의 자리에 앉았다. 줄 선 사람들에게 차례
차례 인사하고 사인했다. 실감이 나지 않았다. 그때 스승의 목소

리, 내 이름을 부르시는 것이 아닌가. 환하게 웃는 스승이 나를 더욱 가슴 벅차게 했다. 나를 꼭 안아 주시는 스승님.

꿈이었다. 이 책을 스승에게 꼭 전하고 싶은 마음 때문인지 무의식에 잠재되어 있었나 보다. 스승을 만나고 10년이 지나서야 나의 이야기가 세상에 나왔다. 지금의 이야기가 인생의 오전을 말했다면 앞으로 이야기는 인생의 오후를 새롭게 써 내려가고 싶다. "삶 자체가 여행이다. 여행은 익숙한 것과의 결별이며 낯선 곳에서 아침을 맞은 것이다." 오랫동안 소중히 간직했던 스승의 말처럼 낯선 곳에서 새로운 길을 걸어가려 한다. 나와 함께 걸어가는 사람들이 있기에 낯선 길이 봄 길처럼 느껴진다.

글을 마무리하면서 감사함을 전하고 싶은 얼굴이 함께 떠올랐다. 이 책에 언급되지 않았지만, 처음 글을 쓸 수 있도록 용기를 주시고 내 안의 열정을 끌어내신 김미월 작가님, 감정 묘사를 어떻게 해야 하는지 알려 준 김달님 작가님, 이 책이 세상에 나오도록 끊임없이 자극을 주고 안내한 정재엽 작가님, 나의 강점이 공감이라는 사실을 깨닫게 해 준 오병곤 작가님, 내 이야기에 자신감을 가지도록 격려하신 출판사 대표님, 구본형 변화경영연구소의 선배님과 동기 '팔팔이'들에게 가슴 깊이 감사의 말씀을 드린다.